Contos

FUNDAÇÃO EDITORA DA UNESP

Presidente do Conselho Curador
Mário Sérgio Vasconcelos

Diretor-Presidente
Jézio Hernani Bomfim Gutierre

Superintendente Administrativo e Financeiro
William de Souza Agostinho

Conselho Editorial Acadêmico
Danilo Rothberg
Luis Fernando Ayerbe
Marcelo Takeshi Yamashita
Maria Cristina Pereira Lima
Milton Terumitsu Sogabe
Newton La Scala Júnior
Pedro Angelo Pagni
Renata Junqueira de Souza
Sandra Aparecida Ferreira
Valéria dos Santos Guimarães

Editores-Adjuntos
Anderson Nobara
Leandro Rodrigues

A coleção CLÁSSICOS DA LITERATURA UNESP constitui uma porta de entrada para o cânon da literatura universal. Não se pretende disponibilizar edições críticas, mas simplesmente volumes que permitam a leitura prazerosa de clássicos. Nesse espírito, cada volume se abre com um breve texto de apresentação, cujo objetivo é apenas fornecer alguns elementos preliminares sobre o autor e sua obra. A seleção de títulos, por sua vez, é conscientemente multifacetada e não sistemática, permitindo, afinal, o livre passeio do leitor.

GUY DE MAUPASSANT
Contos

TRADUÇÃO E NOTAS FABIO STIELTJES YASOSHIMA

© 2020 EDITORA UNESP
Títulos originais dos contos que compõem esta edição:
Boule de Suif, Deux amis, Histoire d'un chien, La Mère aux monstres, La Morte, Miss Harriet, Mademoiselle Fifi, Le Horla

Direitos de publicação reservados à:
Fundação Editora da Unesp (FEU)
Praça da Sé, 108
01001-900 – São Paulo – SP
Tel.: (0xx11) 3242-7171
Fax: (0xx11) 3242-7172
www.editoraunesp.com.br
www.livrariaunesp.com.br
atendimento.editora@unesp.br

DADOS INTERNACIONAIS DE CATALOGAÇÃO NA PUBLICAÇÃO (CIP)
DE ACORDO COM ISBD
Elaborado por Vagner Rodolfo da Silva – CRB-8/9410

M452c   Maupassant, Guy de

   Contos / Guy de Maupassant; traduzido por Fabio Stieltjes Yasoshima. – São Paulo: Editora Unesp, 2020.

   ISBN 978-85-393-0827-9

   1. Literatura francesa. 2. Contos. I. Yasoshima, Fabio Stieltjes. II. Título.

2020-162   CDD: 840
                                                        CDU: 821.133.1

Editora afiliada

Asociación de Editoriales Universitarias
de América Latina y el Caribe

Associação Brasileira de
Editoras Universitárias

SUMÁRIO

Apresentação
7

Contos

Bola de Sebo
13

Dois amigos
57

História de um cão
65

A mãe de monstros
71

A morta
79

Miss Harriet
85

Srta. Fifi
107

O Horla
121

APRESENTAÇÃO

GUY DE MAUPASSANT nasceu na Normandia, região ao norte da França. Ainda jovem, decidiu se instalar em Paris. Sua trajetória literária se iniciou fortemente ligada a escritores da capital francesa, sobretudo a Gustave Flaubert (1821-1880), que se tornou para ele uma espécie de mentor literário, guiando seus primeiros passos na literatura. Na casa do autor de *Madame Bovary*, Maupassant conheceu a nata da intelectualidade francesa, incluindo-se os mais renomados escritores das escolas realista e naturalista. Em 1879, publicou a peça teatral em versos *Histoire du vieux temps* (História dos velhos tempos). Depois de escrever artigos e crônicas para alguns periódicos de menor divulgação, lançou em 1880 o primeiro livro de poemas, que intitulou *Des vers* (Versos) e dedicou ao amigo e mestre.

O *début* do jovem Maupassant na prosa literária não tardou a acontecer. Naquele mesmo ano, participou da coletânea de escritores naturalistas *Les Soirées de Médan* (As noites de Médan) com seu primeiro conto, "Boule de Suif" (Bola de sebo), que obteve sucesso imediato e gerou entusiasmo entre seus pares.

Tornado famoso, Maupassant iniciou intensa produção literária, que conta com seis romances, destacando-se entre eles *Une vie* (Uma vida, 1883), *Bel-ami* (1885) e *Pierre et Jean* (1887-1888). É como contista, no entanto, que o escritor obtém seu maior reconhecimento. Seus contos atraíram a atenção de seus contemporâneos pela força da prosa realista, pela estranheza dos temas e, sobretudo, pelo domínio estilístico. Embora sua produção literária limite-se a uma década – entre 1880, quando lança *Boule de suif*, e 1890, ano de publicação de *L'inutile beauté* (A inútil beleza), sua última coletânea de contos –, Maupassant conquistou reconhecimento no meio literário durante a vida. Morreria jovem, aos 42 anos, vítima de sífilis.

A Guerra Franco-Prussiana (1870-1871) deixou marcas profundas na história dos franceses. Derrotada, a França teve seu território invadido e as humilhações impostas ecoariam por muito tempo na cultura francesa. Não por acaso, diversos dos contos que compõem esta coletânea trazem o episódio como tema ou como pano de fundo: Guy de Maupassant fora voluntário na batalha, e contos como "Srta. Fifi", "Dois amigos" e o célebre "Bola de Sebo" acertariam contas com o traumático conflito.

Em pinceladas rápidas e precisas, encontramos também retratada a vida burguesa da época, com seus tipos e suas situações descritos em flagrantes certeiros. O retrato não é nada otimista; pelo contrário, pode-se entrever nas narrativas a crítica severa à moral de aparências da sociedade, em que sentimentos nobres não encontram terreno. Maupassant demarca seu protesto contra a discriminação social (como em "Srta. Harriet"), a perversidade moral ("A mãe de monstros", "O Horla") e a hipocrisia ("A morta"), e registra sua simpatia por típicas vítimas do moralismo burguês, como as prostitutas e os desvalidos.

A análise de uma sociedade corrompida por preconceito e intolerância, entretanto, não representa a tentativa do autor de revolucionar sua época. Longe de assumir-se detrator da elite ou propor alternativas àquela sociedade, Maupassant optou por examinar magistralmente as mazelas de seu tempo de modo verossímil, mas declinando sutilmente do estilo de representação literária proposto pelas escolas realista e naturalista.

A maestria do contista se revela também na técnica narrativa. Um dos recursos mais notáveis do autor é a construção do "suspense": a partir de uma história contada por um personagem que conhece ou participou do fato narrado, o autor introduz um tempo de espera nos momentos importantes da trama. Esse tempo é preenchido com descrições aparentemente despretensiosas de personagens e ambientes, para que, ao final, o impacto da revelação principal seja maior e apanhe o leitor desprevenido.

GUY DE MAUPASSANT
(TOURVILLE-SUR-ARQUES, FRANÇA, 1850 — PARIS, FRANÇA, 1893)

FOTO ATELIER NADAR, 1910 (DATA DE EDIÇÃO)

GUY DE MAUPASSANT

Contos

BOLA DE SEBO[1]

AO LONGO DE VÁRIOS DIAS SEGUIDOS, fragmentos de Exército derrotado haviam cruzado a cidade. Não era exatamente uma tropa, mas hordas dispersas. Os homens tinham a barba longa e suja, uniformes em farrapos, e avançavam a passos lentos, sem bandeira, sem regimento. Todos pareciam acabrunhados, extenuados, incapazes de raciocínio ou de resolução, caminhando apenas por hábito e sucumbindo ao cansaço assim que paravam. Viam-se, sobretudo, convocados, rentistas sossegados, gente pacífica, curvando-se sob o peso do fuzil; jovens soldadinhos[2] alertas, suscetíveis ao pavor e prontos ao entusiasmo, preparados para o ataque, bem como para a fuga; em seguida, no meio deles, alguns *culottes rouges*,[3] remanescentes de uma divisão esmagada em uma grande batalha; ensombrecidos

---

1 *Boule de Suif* (primeira publicação: 1880). Traduzido a partir do texto estabelecido e anotado por Louis Forestier. Cf. MAUPASSANT, Guy de. *Contes et nouvelles*. t.I. Les contes et nouvelles de Maupassant publiés entre 1875 et mars 1884. Préface d'Armand Lanoux; introduction de Louis Forestier. Texte établi et annoté par Louis Forestier. Paris: Gallimard, 1974, coll. "La Bibliothèque de la Pléiade", p.83-121. [N. T.]
2 Trata-se, aqui, de jovens combatentes que não faziam parte do Exército oficial e eram chamados de *moblots*. [N. T.]
3 *Culottes rouges*, literalmente "calças vermelhas", que era a cor do uniforme da infantaria. [N. T.]

artilheiros dispostos lado a lado com esses diversos soldados de infantaria; e, por vezes, o capacete brilhante de um dragão com andar pesado, que mal seguia a marcha mais leve dos soldados.[4]

Legiões de franco-atiradores com denominações heroicas – os "Vingadores da Derrota", os "Cidadãos da Sepultura", os "Compartilhantes da Morte" – passavam, por sua vez, com ares de bandidos. Seus chefes, antigos comerciantes de tecidos ou de grãos, ex-mercadores de sebo ou de sabão, guerreiros eventuais, nomeados oficiais por causa de suas moedas ou do comprimento de seu bigode, cobertos de armas, flanela e galões, falavam com uma voz retumbante, discutiam táticas de campanha e, sozinhos, pretendiam sustentar a França agonizante sobre seus ombros de fanfarrões; mas, por vezes, temiam seus próprios soldados, malfeitores amiúde exageradamente intrépidos, saqueadores e devassos.

Dizia-se que os prussianos iriam entrar em Rouen.

A Guarda Nacional, que havia dois meses efetuava reconhecimentos muito prudentes nos bosques vizinhos, por vezes fuzilando suas próprias sentinelas e preparando-se para o combate quando um pequeno coelho mexia-se sob alguma moita, já voltara ao lar. Suas armas, seus uniformes, toda a sua parafernália mortífera, com a qual outrora aterrorizava os limites das estradas nacionais a um raio de três léguas, haviam subitamente desaparecido.

Os últimos soldados franceses enfim acabavam de atravessar o Sena para alcançar Pont-Audemer, passando por Saint-Sever e Bourg-Achard; e, caminhando atrás de todos, seguia o general, a pé, entre dois oficiais de ordenança, desesperado, impossibilitado de empreender o que quer que fosse com esses trapos disparatados, perturbado em meio à grande derrocada de um povo acostumado a vencer e desastrosamente derrotado, apesar de sua bravura lendária.

Depois, uma profunda calmaria e uma espera apavorante, silenciosa, haviam pairado sobre a cidade. Muitos burgueses pançudos, emasculados pelo comércio, aguardavam ansiosamente os

---

4 No original, *lignards*, como eram chamados popularmente os simples soldados. [N. T.]

vencedores, temendo que seus espetos de assar ou suas grandes facas de cozinha fossem considerados armas.

A vida parecia estagnada; as lojas estavam fechadas, a rua silenciosa. De vez em quando, um habitante, intimidado por esse silêncio, esgueirava-se depressa rente aos muros.

A angústia da espera fazia que se desejasse a chegada do inimigo.

Na tarde do dia que se seguiu à partida das tropas francesas, alguns ulanos, saídos não se sabe de onde, atravessaram a cidade apressadamente. Em seguida, um pouco mais tarde, uma massa negra desceu da encosta Sainte-Catherine, enquanto outras duas ondas invasoras surgiam pelas estradas de Darnetal e Boisguillaume. No mesmo instante, as vanguardas dos três regimentos reuniram-se na praça da prefeitura; e, por todas as ruas vizinhas, o Exército alemão chegava ostentando seus batalhões, que faziam ressoar o calçamento sob seu passo duro e ritmado.

Comandos gritados por uma voz desconhecida e gutural subiam por entre as casas, que pareciam mortas e desertas, enquanto que, por detrás de venezianas fechadas, olhos espreitavam esses homens vitoriosos, donos da cidade, das fortunas e das vidas pelo "direito de guerra". Os habitantes, em seus aposentos sombrios, demonstravam o pânico que provocam os cataclismos, as grandes devastações mortíferas da terra, contra os quais toda sabedoria e toda força são inúteis. Pois a mesma sensação reaparece toda vez que a ordem estabelecida das coisas é invertida, que a segurança não mais existe, que tudo o que protegia as leis dos homens ou as da natureza encontra-se à mercê de uma brutalidade inconsciente e feroz. O terremoto esmagando um povo inteiro sob as casas que desabam; o transbordo do rio que arrasta os camponeses afogados junto com os cadáveres dos bois e as vigas arrancadas dos telhados ou o Exército glorioso massacrando aqueles que se defendem, levando os outros como prisioneiros, pilhando em nome do Sabre e agradecendo a um Deus ao som do canhão – são tantos flagelos assustadores que desconcertam toda crença na justiça eterna, toda a confiança na proteção do céu e na razão do homem que nos inculcam.

Mas pequenos destacamentos batiam a cada porta, em seguida desapareciam nas casas. Era a ocupação depois da invasão. Para os vencidos, comcçava o dever de se mostrar agradáveis para com os vencedores.

Depois de algum tempo, uma vez desaparecido o primeiro terror, uma nova calmaria estabeleceu-se. Em muitas famílias, o oficial prussiano comia à mesa. Por vezes, ele era bem-educado e, por polidez, lamentava pela França, expressava sua repugnância ao tomar parte dessa guerra. Eram-lhe gratos por esse sentimento; aliás, um dia ou outro, poder-se-ia precisar de sua proteção. Ao tratá-lo com deferência, talvez houvesse menos homens para alimentar. E por que ofender alguém de quem se dependia totalmente? Agir assim seria menos um ato de bravura do que de temeridade – e a temeridade não é mais um defeito dos burgueses de Rouen, como no tempo das defesas heroicas em que sua cidade se notabilizou. Diziam-se, enfim – razão suprema oriunda da urbanidade francesa –, que ainda era lícito ser polido dentro de sua própria casa, desde que, em público, não mostrassem familiaridade com o soldado estrangeiro. Fora, não se conheciam mais; porém, dentro de casa, conversavam de bom grado; e a cada noite o alemão permanecia mais tempo aquecendo-se na lareira comum.

A própria cidade retomava, pouco a pouco, seu aspecto corriqueiro. Os franceses ainda não saíam muito, mas os soldados prussianos fervilhavam nas ruas. De resto, os oficiais dos hussardos azuis, que arrastavam com arrogância seus grandes acessórios mortíferos no calçamento, não pareciam demonstrar muito mais desprezo pelos cidadãos comuns do que os soldados de infantaria que, no ano anterior, bebiam nos mesmos cafés.

Entretanto, havia algo no ar, algo sutil e desconhecido, uma estranha atmosfera intolerável, como um odor esparso, o odor da invasão. Ele penetrava as residências e as praças públicas, alterava o gosto dos alimentos, dava a impressão de se estar em viagem, muito longe, entre tribos bárbaras e perigosas.

Os vencedores exigiam dinheiro, muito dinheiro. Os habitantes sempre pagavam; aliás, eles eram ricos. Porém, quanto mais opulento torna-se um comerciante normando, tanto mais ele sofre por qualquer sacrifício, por qualquer parcela de sua fortuna que ele vê passar às mãos de outro.

Entretanto, a duas ou três léguas abaixo da cidade, seguindo o curso do rio em direção a Croisset, Dieppedalle ou Biessart, os marinheiros e os pescadores amiúde resgatavam do fundo da água algum cadáver de alemão, inchado em seu uniforme, morto com uma facada ou com um golpe de savate,[5] a cabeça esmagada por uma pedra ou lançado na água, do alto de uma ponte, com um empurrão. As vasas do rio inumavam essas vinganças obscuras, selvagens e legítimas – heroísmos anônimos, ataques silenciosos, mais arriscados do que as batalhas às claras e sem a repercussão da glória.

Pois o ódio ao estrangeiro sempre incita alguns intrépidos, prontos para morrer por uma ideia.

Enfim, como os invasores não cometeram nenhum dos horrores que a reputação os impelia a perpetrar ao longo de toda a sua marcha triunfal, apesar de sujeitarem a cidade à sua inflexível disciplina, recuperou-se a coragem, e a necessidade de negócio reanimou o coração dos comerciantes do país. Alguns deles tinham grandes interesses vinculados ao Havre, que o Exército francês ocupava, e almejavam chegar a esse porto, indo por terra firme até Dieppe, onde embarcariam.

Valeram-se da influência dos oficiais alemães aos quais haviam sido apresentados, e uma autorização de partida foi obtida do comandante em chefe.

Então, dado que uma grande diligência com quatro cavalos foi reservada para essa viagem e que dez pessoas se inscreveram com o condutor, resolveram partir em uma manhã de terça-feira, antes do amanhecer, para evitar qualquer aglomeração.

Já fazia algum tempo que a geada havia endurecido a terra e, na segunda-feira, por volta das 3 horas, espessas nuvens negras vindas do norte trouxeram a neve, que caiu ininterruptamente durante todo o entardecer e toda a noite.

Às 4h30, os viajantes reuniram-se no pátio do Hotel da Normandia, onde deviam embarcar na carruagem.

---

5 Savate: espécie de luta francesa, na qual os combatentes utilizam socos e pontapés. [N. T.]

Eles ainda estavam muito sonolentos e tremiam de frio sob suas mantas. Enxergavam-se mal na escuridão, e o amontoado das pesadas vestimentas de inverno fazia que todos esses corpos se assemelhassem a párocos obesos com suas longas batinas. Mas dois homens se reconheceram, um terceiro os abordou, entabularam uma conversa:

– Estou levando minha esposa – disse um deles.

– Faço o mesmo.

– E eu também.

O primeiro acrescentou:

– Não voltaremos a Rouen, e se os prussianos se aproximarem do Havre, partiremos para a Inglaterra.

Todos tinham os mesmos projetos, sendo de compleição semelhante.

Entretanto, não atrelavam a carruagem. Uma pequena lamparina, carregada por um cavalariço, saía, de tempo em tempo, de uma porta escura, para desaparecer imediatamente em outra. Patas de cavalos golpeavam o chão, amortecidas pelo estrume dos estábulos, e ouvia-se uma voz masculina falando aos animais e praguejando no fundo do edifício. Um leve tilintar de guizos anunciou o manejo dos arreios; esse tilintar logo se tornou um tremor perceptível e contínuo, ritmado pelo movimento do animal, às vezes cessando, depois retomando com uma brusca sacudida que acompanhava o ruído surdo de um casco ferrado batendo no solo.

A porta subitamente se fechou. Todo o ruído cessou. Os burgueses, enregelados, tinham se calado: permaneciam imóveis e tensos.

Uma cortina de flocos brancos ininterrupta reluzia incessantemente ao cair na terra; ela embaçava as formas, polvilhava as coisas com uma espuma de gelo; e só se ouvia, no grande silêncio da cidade calma e encoberta pelo inverno, aquele roçar vago, inominável e flutuante, da neve caindo – mais sensação do que ruído, entrelaçamento de átomos leves que pareciam preencher o espaço, cobrir o mundo.

O homem reapareceu, com sua lamparina, puxando por uma corda um cavalo triste, que não vinha de boa vontade. Colocou-o contra o timão, amarrou as trelas, fez um longo contorno para prender os arreios, pois só podia usar uma das mãos, dado que, com a outra, carregava sua luminária. No momento em que ia buscar o segundo animal, notou todos esses viajantes imóveis, já cobertos de neve, e disse-lhes:

– Por que os senhores não entram na carruagem? Estarão abrigados, pelo menos.

Eles não haviam pensado nisso, sem dúvida, e apressaram-se. Os três homens instalaram suas esposas no fundo e subiram em seguida; depois as outras formas indecisas e encobertas ocuparam, por sua vez, os últimos lugares, sem trocar uma palavra.

O piso estava coberto de palha, onde os pés afundaram. As senhoras do fundo, tendo trazido pequenas escalfetas de cobre com um carvão químico, acenderam esses aparelhos e, durante algum tempo, a meia-voz, enumeraram seus benefícios, repetindo-se coisas que já sabiam de longa data.

Enfim, uma vez atrelada a diligência com seis cavalos em vez de quatro, por causa da tração mais penosa, uma voz do lado de fora perguntou:

– Todo mundo subiu?

Uma voz do lado de dentro respondeu:

– Sim.

Partiram.

A carruagem avançava lentamente, lentamente, a passos muito vagarosos. As rodas afundavam na neve; toda a carroceria rangia com estalidos surdos; os animais escorregavam, ofegavam, fumegavam; e o chicote gigantesco do cocheiro estalava sem descanso, volteava em todos os lados, enrolando-se e desenrolando-se como uma fina serpente, e açoitando bruscamente uma garupa arqueada, que então se retesava sob um esforço mais intenso.

Mas o dia imperceptivelmente despontava. Esses flocos leves, que um viajante rouenense puro-sangue comparou a uma chuva de algodão, não caíam mais. Um clarão sujo atravessava espessas nuvens escuras e carregadas que tornavam mais brilhante a brancura do campo, onde ora surgia uma fileira de grandes árvores revestidas de geada, ora uma choupana com um capuz de neve.

Dentro da carruagem, olhavam-se com curiosidade, sob a triste claridade dessa aurora.

Bem ao fundo, nos melhores lugares, dormitavam, frente a frente, o sr. e a sra. Loiseau, mercadores de vinho por atacado na rua Grand-Pont.

Antigo empregado de um patrão arruinado nos negócios, Loiseau havia comprado o capital e feito fortuna. Ele vendia a ótimo preço vinhos de péssima qualidade aos pequenos comerciantes dos campos, e entre seus conhecidos e amigos passava por um tratante astuto, um verdadeiro normando cheio de ardis e jovialidade.

Sua reputação de trapaceiro era tão sólida que certa noite, na prefeitura, o sr. Tournel, autor de fábulas e canções, espírito mordaz e arguto, uma glória local, propôs às damas, que lhe pareciam um pouco sonolentas, que jogassem uma partida de "Loiseau vole".[6] Tal trocadilho voou pelos salões do prefeito; em seguida, alcançando os salões da cidade, fez rir durante um mês todas as mandíbulas da província.

Ademais, Loiseau era célebre por suas farsas de toda natureza, suas pilhérias, boas ou ruins; e ninguém era capaz de falar dele sem acrescentar imediatamente: "É impagável, esse Loiseau".

De estatura exígua, ele exibia uma barriga em forma de balão, coroada de uma face rubicunda entre duas suíças grisalhas.

---

6 Ao adaptar o nome da brincadeira infantil "passarinho voa", a qual, em francês, é conhecida como *pigeon vole* ("pombo voa"), Maupassant faz um trocadilho – aliás, em seus contos e novelas, amiúde se encontram esses calembures, por vezes intraduzíveis, como é o caso deste – com a fórmula "Loiseau vole", que, neste caso, pode significar tanto "o pássaro voa" quanto "Loiseau rouba", dado que a pronúncia do sobrenome da personagem é idêntica àquela de *l'oiseau* ("o pássaro"), e que "vole" equivale à terceira pessoa do singular do presente do indicativo de *voler*, "voar" ou "roubar", isto é, *voler* (verbo intransitivo, no sentido de "deslocar-se no ar por meio de asas ou órgãos semelhantes") e *voler* (verbo transitivo, no sentido de "tomar o que pertence a outra pessoa contra sua vontade ou sem que ela o saiba", oriundo da forma transitiva do verbo anterior, em sua acepção específica de "perseguir ou caçar – uma presa – voando"). [N. T.]

Sua esposa – alta, forte, resoluta, com a voz potente e o juízo ágil – era a ordem e a aritmética do estabelecimento comercial que ele dirigia com sua vivacidade galhofeira.

Ao lado deles encontrava-se – mais digno, pertencente a uma casta superior – o sr. Carré-Lamadon, homem notável, assentado no ramo algodoeiro, proprietário de três fiações, oficial da *Legião de Honra* e membro do Conselho Geral. Ao longo de todo o Império, ele permaneceu como chefe da oposição indulgente, só para cobrar mais caro sua adesão à causa que combatia com armas afáveis, segundo sua própria expressão. A sra. Carré-Lamadon, muito mais jovem que seu marido, continuava sendo a consolação dos oficiais de boa família enviados à guarnição de Rouen.

Ela estava sentada na frente de seu esposo, pequenina, toda graciosa, bonitinha, enrolada em seu agasalho de peles, e observava com um olhar consternado o interior lamentável da carruagem.

Seus vizinhos, o conde e a condessa Hubert de Bréville, ostentavam um dos sobrenomes mais antigos e mais nobres da Normandia. O conde, velho fidalgo de grande porte, esforçava-se por acentuar, mediante os artifícios de sua toalete, sua semelhança natural com o rei Henrique IV, que, segundo uma lenda gloriosa para a família, engravidara uma dama de Bréville, cujo marido, por causa desse fato, tornara-se conde e governador de província.

Colega do sr. Carré-Lamadon no Conselho Geral, o conde Hubert representava o partido orleanista no departamento. A história de seu casamento com a filha de um pequeno armador de Nantes sempre permanecera misteriosa. Mas, como a condessa tinha um ar de nobreza, recepcionava melhor do que ninguém, até possuía a reputação de ter sido amada por um dos filhos de Louis-Philippe, toda a nobreza tratava-a calorosamente, e seu salão continuava sendo o primeiro do país, o único onde se conservou a velha galanteria e no qual a entrada era difícil.

Dizia-se que a fortuna dos Bréville, toda em bens imóveis, atingia 500 mil libras de renda.

Essas seis pessoas compunham o fundo da carruagem, o lado da sociedade com rendimentos, serena e forte, aquele das influentes pessoas de bem que possuem religião e princípios.

Por um estranho acaso, todas as mulheres encontravam-se no mesmo assento; e a condessa ainda tinha ao seu lado duas irmãs de caridade que desfiavam longos rosários resmungando pais-nossos e ave-marias. Uma era velha, com o rosto marcado pela varíola, como se tivesse recebido à queima-roupa uma rajada de balas bem no rosto. A outra, muito mirrada, tinha um rosto bonito e enfermo sobre um peito de tísico, consumido por essa fé devoradora que produz os mártires e os iluminados.

Na frente das duas religiosas, um homem e uma mulher atraíam os olhares de todos.

O homem, bastante conhecido, era Cornudet, o democrata, o terror das pessoas respeitáveis. Fazia vinte anos que ele molhava sua barba ruiva nas canecas de cerveja de todos os cafés democráticos. Ele havia roído, com irmãos e amigos, uma fortuna bastante significativa que recebera de seu pai, antigo confeiteiro, e aguardava impacientemente a República, para obter enfim o lugar merecido por tantas consumações revolucionárias. No dia 4 de setembro, talvez por causa de uma farsa, acreditou-se nomeado prefeito; mas, quando quis assumir suas funções, os empregados da repartição, que permaneceram como os únicos responsáveis pelo lugar, recusaram-se a reconhecê-lo, o que o obrigou a retirar-se. Quanto ao mais, um rapaz muito complacente, inofensivo e obsequioso, ocupara-se da organização da defesa com um ardor incomparável. Ele mandara cavar buracos nas planícies, derrubar todas as jovens árvores das florestas vizinhas, instalar armadilhas em todas as estradas, e, à chegada do inimigo, satisfeito com seus preparativos, recolhera-se prontamente para a cidade. Agora ele acreditava tornar-se mais útil no Havre, onde novas barricadas seriam necessárias.

A mulher, uma dessas que são chamadas de galantes, era famosa por sua corpulência precoce que lhe valera o apelido de "Bola de Sebo". Pequena, toda redonda, muito gorda, com dedos inchados, estrangulados nas falanges como cordões de pequenas salsichas, com uma pele reluzente e esticada, um busto enorme que se evidenciava sob o vestido, ela continuava, entretanto, apetitosa e concorrida, de tanto que seu frescor agradava à vista. Seu rosto era uma maçã vermelha, um botão de peônia pronto para desabrochar, e nele se abriam, no alto, olhos negros magníficos, cobertos por grandes cílios espessos que lhes jogavam uma sombra; abaixo, uma boca encantadora, pequena, úmida para o beijo, ornada com dentinhos reluzentes e microscópicos.

Ademais, dizia-se que ela era cheia de qualidades inestimáveis.

Logo que foi reconhecida, sussurros correram entre as mulheres honestas, e os termos "prostituta" e "vergonha pública" foram cochichados tão alto que ela ergueu a cabeça. Então ela percorreu seus vizinhos com um olhar tão provocante e ousado que um grande silêncio reinou imediatamente, e todo mundo baixou os olhos, com exceção de Loiseau, que a espreitava com um ar desafiador.

Mas logo foi retomada a conversa entre as três senhoras que a presença dessa moça fizera que se tornassem subitamente amigas, quase íntimas. Parecia-lhes que tinham de formar uma espécie de amálgama de suas dignidades de esposas diante dessa vendida sem-vergonha; pois o amor legal sempre reage com arrogância contra seu colega livre.

Também os três homens, reunidos por um instinto de conservadores perante Cornudet, falavam de dinheiro com certo tom desdenhoso para com os pobres. O conde Hubert falava dos prejuízos que lhes causaram os prussianos, das perdas que resultariam do gado roubado e das colheitas perdidas, com uma segurança de grande senhor multimilionário a quem esses estragos estorvariam apenas por um ano. O sr. Carré-Lamadon, muito experimentado na indústria algodoeira, tivera o cuidado de enviar 600 mil francos para a Inglaterra, uma provisão que guardava em caso de necessidade. Quanto a Loiseau, conseguira dar um jeito de vender à intendência francesa todos os vinhos comuns que lhe restavam na adega, de modo que o Estado lhe devia uma soma formidável que pretendia receber no Havre.

E os três lançavam-se olhares rápidos e amigáveis. Ainda que de condições diferentes, eles se sentiam irmãos, pelo dinheiro, da grande franco-maçonaria dos abastados que fazem soar o ouro ao enfiar a mão no bolso da calça.

A carruagem andava tão lentamente que, às 10 horas da manhã, ainda não haviam percorrido quatro léguas. Os homens desceram três vezes para subir encostas a pé. Começavam a inquietar-se, pois deviam almoçar em Tôtes, e já não esperavam lá chegar antes do anoitecer. Cada qual espreitava para avistar um cabaré na estrada, quando a diligência afundou em um amontoado de neve, e duas horas foram necessárias para retirá-la.

O apetite aumentava, perturbava os espíritos; e não apareciam nem uma taverna nem um vendedor de vinho, uma vez que a aproximação dos prussianos e a passagem das famintas tropas francesas haviam espantado todas as indústrias.

Os senhores apressaram-se para encontrar provisões nas fazendas à beira da estrada, mas nelas nem sequer encontraram pão, pois o camponês, receoso, escondia suas reservas, com medo de ser pilhado pelos soldados que, por não terem o que comer, tomavam à força o que encontravam.

Por volta de uma hora da tarde, Loiseau declarou que, decididamente, sentia um penoso vazio no estômago. Assim como ele, todo mundo sofria havia muito tempo; e a extrema necessidade de comer, sempre aumentando, acabara com as conversas.

De tempo em tempo alguém bocejava; outro o imitava quase imediatamente, e cada um por seu turno, segundo seu caráter, seu *savoir-vivre* e sua posição social, abria a boca ruidosa ou modestamente, apressando-se em levar a mão ao buraco escancarado de onde saía um vapor.

Bola de Sebo, por diversas vezes, inclinou-se como se procurasse alguma coisa sob seus saiotes. Ela hesitava por um segundo, olhava seus vizinhos, depois se endireitava tranquilamente. Os semblantes estavam pálidos e crispados. Loiseau afirmou que pagaria mil francos por um pernil. Sua mulher fez menção de protestar, depois se acalmou. Ela sempre sofria ao ouvir falar de dinheiro desperdiçado e nem sequer entendia as pilhérias sobre esse assunto.

– Ocorre que não me sinto bem – disse o conde. – Como não pensei em trazer provisões?

Cada qual se censurava pelo mesmo motivo.

Entretanto, Cornudet tinha um cantil cheio de rum; ofereceu-o: recusaram friamente. Só Loiseau aceitou dois goles e, ao devolver o cantil, agradeceu:

– Assim mesmo é bom, aquece e engana o apetite.

O álcool o deixou de bom humor, e ele propôs fazer como no pequeno navio da canção:[7] comer o mais gordo dos viajantes. Essa alusão indireta a Bola de Sebo chocou as pessoas bem-educadas. Ninguém respondeu; só Cornudet esboçou um sorriso. As duas irmãs de caridade haviam parado de resmungar seu rosário e, com as mãos enfiadas em suas largas mangas, permaneciam imóveis, baixando obstinadamente os olhos, sem dúvida oferecendo ao céu o sofrimento que este lhes enviava.

Enfim, às 3 horas, como se encontravam no meio de uma planície interminável, sem que pudessem avistar uma única aldeia, Bola de Sebo, curvando-se rapidamente, sacou de debaixo do assento uma grande cesta coberta por uma toalha branca.

Antes de tudo, retirou um pequeno prato de faiança, uma delicada taça de prata, depois uma enorme terrina na qual dois frangos inteiros, já trinchados, haviam curtido em sua gordura gelatinosa; e na cesta ainda se notavam outros bons produtos embrulhados: patês, frutas, guloseimas, provisões preparadas para uma viagem de três dias, para não precisar da cozinha dos albergues. Quatro gargalos de garrafa despontavam entre os pacotes de comida. Ela pegou uma asa de frango e, delicadamente, pôs-se a comê-la com um desses pãezinhos chamados de *régence* na Normandia.

Todos os olhares estavam voltados para ela. Em seguida, o aroma difundiu-se, alargando as narinas, trazendo às bocas uma saliva abundante, acompanhada de uma contração dolorosa da mandíbula sob as orelhas. O desprezo das senhoras por essa moça tornava-se feroz, como um desejo de matá-la ou de precipitá-la da carruagem, na neve – ela, sua taça, sua cesta e suas provisões.

---

7 Alusão à canção infantil "Il était un petit navire" [Era um naviozinho], na qual se diz que uma embarcação, que jamais navegara, parte para uma longa viagem no Mediterrâneo e, depois de um tempo, fica sem mantimentos. Os tripulantes, famintos, resolvem tirar a sorte para saber quem seria comido. Diz a canção que a má fortuna teria recaído sobre o marinheiro mais jovem, se ele não fosse salvo por um milagre, que fez que os peixes começassem a saltar, aos milhares, no pequeno navio. [N. T.]

Mas Loiseau devorava com os olhos a terrina de frango. Disse ele:

– Ainda bem, a senhora foi mais precavida do que nós. Há pessoas que sempre pensam em tudo.

Ela ergueu a cabeça em sua direção:

– Quereis um pouco, senhor? É duro jejuar desde cedo.

Ele assentiu com um gesto:

– Em verdade, francamente, eu não recuso, não aguento mais. Na guerra como na guerra, não é, senhora? – E, lançando um olhar à sua volta, acrescentou: – Em momentos como este, ficamos muito contentes de encontrar pessoas que nos prestam um favor.

Ele trazia um jornal, que estendeu para não manchar sua calça, e com a ponta de um canivete sempre guardado em seu bolso, retirou uma coxa toda reluzente de gordura gelatinosa, despedaçou-a com os dentes, depois a mastigou com uma satisfação tão evidente que se ouviu na carruagem um grande suspiro de angústia.

Mas Bola de Sebo, com uma voz humilde e doce, sugeriu às irmãs de caridade que compartilhassem sua refeição. As duas aceitaram no mesmo instante e, sem levantar os olhos, puseram-se a comer muito rapidamente depois de terem balbuciado agradecimentos. Cornudet tampouco recusou as ofertas de sua vizinha, e formaram com as religiosas uma espécie de mesa, ao estenderem jornais sobre os joelhos.

As bocas abriam-se e fechavam-se sem parar, engoliam, mastigavam, devoravam ferozmente. Loiseau, em seu canto, trabalhava duro, e, a meia-voz, incitava sua mulher a imitá-lo. Ela resistiu por muito tempo; logo depois de uma crispação que lhe percorreu as entranhas, cedeu. Então seu marido, arredondando a frase, perguntou à "encantadora companheira" se ela permitia que ele oferecesse um pedacinho à sra. Loiseau. Ela disse:

– Sim, certamente, senhor – com um sorriso amável, e estendeu a terrina.

Um embaraço surgiu quando desarrolharam a primeira garrafa de Bordeaux: havia uma taça, apenas. Passavam-na uns aos outros depois de enxugá-la. Somente Cornudet, sem dúvida por galanteio, pousou seus lábios no lugar ainda úmido dos lábios de sua vizinha.

Então, cercados por pessoas que comiam, sufocados pelas emanações dos alimentos, o conde e a condessa de Bréville, assim como o sr. e a sra. Carré-Lamadon, padeceram desse suplício odioso que conservou o nome de Tântalo. De súbito, a jovem esposa do industrial deu um suspiro que fez as cabeças se voltarem em sua direção; estava tão branca quanto a neve lá fora; seus olhos se fecharam, sua fronte tombou: ela perdera a consciência. Seu marido, apavorado, implorava a ajuda de todos. Cada qual perdia a razão, quando a mais velha das irmãs de caridade, sustentando a cabeça da doente, pôs entre seus lábios a taça da Bola de Sebo e fez que engolisse algumas gotas de vinho. A bela senhora se mexeu, abriu os olhos, sorriu e disse, com uma voz débil, que agora se sentia muito bem. Porém, a fim de que isso não se repetisse, a religiosa a obrigou a beber um copo inteiro de Bordeaux, e acrescentou:

– É a fome, nada mais.

Então, Bola de Sebo, ruborizada e constrangida, balbuciou enquanto olhava para os quatro viajantes que haviam permanecido em jejum:

– Meu Deus, se eu ousasse oferecer a esses senhores e a essas senhoras...

Ela se calou, temendo um ultraje. Loiseau tomou a palavra:

– Ah, por minha vida! Em semelhantes casos, todo mundo é irmão e deve ajudar-se. Vamos, senhoras, sem cerimônia: aceitai! Diabos! Acaso sabemos se encontraremos ao menos uma casa para pernoitar? No ritmo em que estamos indo, não estaremos em Tôtes antes do meio-dia de amanhã.

Hesitavam; ninguém ousava assumir a responsabilidade pelo "sim". Mas o conde decidiu a questão. Virou-se para a corpulenta moça intimidada e, assumindo seu grande ar de fidalgo, disse-lhe:

– Aceitamos com gratidão, senhora.

Só o primeiro passo era custoso. Uma vez atravessado o Rubicão, aproveitaram a valer. A cesta foi esvaziada. Ainda continha um patê de *foie gras*, um patê de cotovias, um pedaço de língua defumada, peras de Crassane, um queijo de Pont-Lévêque, alguns *petits-fours* e um recipiente cheio de pepinos e cebolas ao vinagre. Bola de Sebo, como todas as mulheres, adorava os vegetais crus.

Não podiam comer as provisões dessa moça sem falar com ela. Então conversaram a princípio com reserva, depois, como ela se portava muito bem, soltaram-se mais. A sra. de Bréville e a sra. Carré-Lamadon, que tinham um grande *savoir-vivre*, mostraram-se graciosas com elegância. A condessa, sobretudo, demonstrava essa condescendência amável das mui nobres damas, que nenhum contato podia macular, e foi encantadora. Mas a forte sra. Loiseau, que tinha alma de gendarme, continuava intratável, falando pouco e comendo muito.

Conversaram sobre a guerra com naturalidade. Descreveram fatos horríveis sobre os prussianos, traços de bravura dos franceses; e toda essa gente que ora fugia celebrou a coragem dos outros. As histórias pessoais logo começaram; e Bola de Sebo contou, com verdadeira emoção, com esse tom acalorado que, por vezes, as moças utilizam para exprimir suas exaltações naturais, de que maneira havia deixado Rouen:

– A princípio, pensei que eu pudesse ficar – dizia ela. – Minha casa estava cheia de provisões, e teria preferido alimentar alguns soldados a expatriar-me não sei onde. Mas quando os vi, esses prussianos, não pude suportar! Eles fizeram meu sangue ferver; e chorei de vergonha o dia todo. Ah, se eu fosse homem! Arre! Observava-os da minha janela, esses porcos gordos com seus capacetes pontiagudos, e minha criada segurava-me as mãos para impedir-me de jogar meus móveis em cima deles. Depois alguns deles vieram para alojar-se em minha casa; então pulei no pescoço do primeiro. Eles não são mais difíceis de estrangular do que qualquer outro! E eu teria acabado com aquele, se não me tivessem puxado pelos cabelos. Foi preciso esconder-me depois disso. Enfim, quando encontrei uma oportunidade, parti, e aqui estou.

Felicitaram-na bastante. Ela crescia na estima de seus companheiros que não haviam se mostrado tão resolutos; e Cornudet, ao ouvi-la, esboçou o sorriso aprovador e benevolente de um apóstolo, da mesma forma que um padre ouve um devoto louvar a Deus, pois os democratas com longa barba detêm o monopólio do patriotismo, assim como os homens de batina detêm o da religião. Por sua vez, ele falou com um tom doutrinário, com a ênfase assimilada dos dizeres que colavam nos muros todos os dias, e arrematou com um trecho de eloquência, no qual criticava magistralmente esse "crápula do Badinguet".[8]

Mas Bola de Sebo imediatamente se indispôs, pois era bonapartista. Ela ficou mais vermelha do que uma cereja e, gaguejando de indignação:

– Bem que eu teria gostado de ver-vos todos no lugar dele! Teria sido lindo, ah, sim! Sois vós que traístes esse homem! Só nos restaria deixar a França se fôssemos governados por patifes como vós!

Cornudet, impassível, mantinha um sorriso desdenhoso e arrogante, mas pressentia-se que grosserias estavam prestes a ser ditas quando o conde se interpôs e acalmou, não sem dificuldade, a moça exasperada, ao proclamar, com autoridade, que todas as opiniões sinceras eram respeitáveis. Entretanto, a condessa e a esposa do industrial, que tinham na alma o ódio incontrolável das pessoas convenientes à República, e aquela instintiva ternura que todas as mulheres nutrem pelos governos magnificentes e despóticos, sentiam-se, contra sua própria vontade, atraídas por essa prostituta cheia de dignidade, cujos sentimentos tanto se assemelhavam com os delas.

A cesta estava vazia. Em dez pessoas, esvaziaram-na sem dificuldade, lamentando que ela não fosse maior. A conversa continuou durante algum tempo, um pouco desanimada, no entanto, desde que acabaram de comer.

A noite caía, a escuridão pouco a pouco se tornou profunda, e o frio, mais perceptível durante as digestões, fazia Bola de Sebo arrepiar-se, apesar de sua gordura. Então a sra. de Bréville lhe ofereceu sua escalfeta, cujo carvão havia sido renovado várias vezes desde a manhã, e a outra aceitou prontamente, pois sentia os pés gelados. A sra. Carré-Lamadon e Loiseau emprestaram as suas para as freiras.

O cocheiro acendera suas lanternas. Com um vivo clarão, elas iluminavam um nevoeiro acima da garupa suada dos cavalos atrelados aos timões e, dos dois lados da estrada, a neve, que parecia serpentear sob o reflexo móvel das luzes.

---

8 Trata-se, aqui, do apelido satírico (e de origem controversa) atribuído ao imperador Napoleão III. [N. T.]

Não se enxergava mais nada na carruagem; mas, de repente, um movimento produziu-se entre Bola de Sebo e Cornudet; e Loiseau, cujos olhos inspecionavam a sombra, acreditou ver o homem de barba longa afastar-se rapidamente, como se tivesse recebido um belo golpe desferido em silêncio.

Na estrada, pequenos pontos de luz surgiram à frente. Era Tôtes. Tinham seguido durante onze horas, o que, com as duas horas de descanso concedidas aos cavalos, em quatro ocasiões distintas, para comer aveia e repousar, somavam catorze.[9] Adentraram no burgo e pararam em frente ao Hôtel du Commerce.

A portinhola se abriu! Um ruído bem conhecido sobressaltou todos os viajantes – eram as pancadas de uma bainha de sabre no solo. Logo a voz de um alemão gritou algo.

Ainda que a diligência estivesse imóvel, ninguém descia, como se esperassem ser massacrados ao sair. Então o condutor apareceu, segurando uma de suas lanternas que subitamente iluminou até o fundo da carruagem as duas filas de rostos assombrados, cujas bocas estavam abertas e os olhos arregalados de surpresa e de pavor.

Ao lado do cocheiro estava, sob a luz, um oficial alemão: um jovem alto, extremamente franzino e loiro, apertado em seu uniforme como uma moça em seu espartilho, e usando de lado seu boné achatado e lustroso, que o fazia se assemelhar ao cavalariço de um hotel inglês. Seu bigode imenso, com longos pelos lisos, afinando-se indefinidamente de cada lado e terminado por um único fio loiro tão fino que não se podia ver seu fim, parecia pesar nos cantos da sua boca e, repuxando a bochecha, imprimia nos lábios uma dobra pendente.

Com um francês de alsaciano, ele convidou os viajantes a descer, dizendo em um tom severo:

– *Famos tescer, cafalheirros e tamas?*

As duas irmãs de caridade foram as primeiras a obedecer, com uma docilidade de santas moças habituadas a todas as submissões. Logo apareceram o conde e a condessa, seguidos pelo indus-

---

9 Evidentemente, o resultado da soma está equivocado. [N. T.]

trial e sua esposa, depois por Loiseau empurrando sua grande metade diante dele. Este último, ao pôr o pé no chão, disse ao oficial:

– Bom dia, senhor – muito mais por um sentimento de prudência do que de polidez. O outro, insolente como as pessoas todo-poderosas, fitou-o sem responder.

Bola de Sebo e Cornudet, embora estivessem perto da portinhola, desceram por último – graves e altivos diante do inimigo. A moça gorda procurava controlar-se e permanecer calma, o democrata revolvia com um gesto patético e um pouco trêmulo sua longa barba arruivada. Queriam manter a dignidade, considerando que, nesses encontros, cada qual representa em certa medida seu país; e igualmente revoltados pela docilidade de seus companheiros, ela, por seu lado, tentava mostrar-se mais orgulhosa do que as mulheres honestas, suas vizinhas, ao passo que ele, ao perceber que devia dar o exemplo, continuou, em toda a sua postura, sua missão de resistência iniciada com as armadilhas nas estradas.

Entraram na vasta cozinha do albergue, e o alemão, ao exigir que lhe fosse apresentada a autorização de saída, assinada pelo comandante em chefe, na qual constavam os nomes, a descrição física e a profissão de cada viajante, examinou durante um longo tempo toda essa gente, comparando as pessoas com as informações registradas.

Em seguida, disse bruscamente:

– Está *pem* – e desapareceu.

Então respiraram. Ainda tinham fome; o jantar foi pedido. Cerca de meia hora era necessária para prepará-lo, e enquanto duas criadas pareciam ocupar-se disso, eles foram visitar os quartos. Estes se encontravam em um longo corredor que desembocava em uma porta envidraçada, que era sinalizada por meio de um número eloquente.[10]

---

10 Segundo Louis Forestier, a ideia de "número eloquente" explica-se pelo fato de que "a porta dos banheiros, em alguns hotéis, outrora era sinalizada por meio do número 100, por causa de sua homonímia com *sent* [terceira pessoa do singular do verbo *sentir*, que pode significar 'cheirar, ou exalar um odor']". Cf. Maupassant, *Contes et nouvelles*, p.99, n.1. [N. T.]

Iam enfim sentar-se à mesa, quando o próprio dono do albergue apareceu. Era um antigo mercador de cavalos, um homem gordo, asmático, que sempre tinha chiados, rouquidão, sons de muco na laringe. Seu pai lhe transmitira o sobrenome Follenvie.

Ele indagou:

– Srta. Élisabeth Rousset?

Bola de Sebo estremeceu; virou-se:

– Sou eu.

– Senhorita, o oficial prussiano quer lhe falar imediatamente.

– Comigo?

– Sim, se realmente é a srta. Élisabeth Rousset.

Ela perturbou-se, refletiu um segundo, em seguida declarou sem rodeios:

– É possível, mas não irei.

Um movimento produziu-se à sua volta: cada qual discutia, procurava a causa dessa ordem. O conde se aproximou:

– Está errada, senhora, pois sua recusa pode acarretar dificuldades consideráveis, não somente para si, mas também para todos os seus companheiros. Jamais se deve resistir aos mais fortes. Na certa, essa solicitação não pode apresentar nenhum perigo; trata-se, sem dúvida, de alguma formalidade a cumprir.

Todos se juntaram a ele, suplicaram a ela, pressionaram-na, admoestaram-na, e acabaram convencendo-a; pois todos temiam as complicações que poderiam resultar de uma decisão irrefletida. Enfim, ela disse:

– É pelos senhores que o faço, certamente!

A condessa pegou sua mão:

– E nós a agradecemos por isso.

Ela saiu. Esperaram-na para sentarem-se à mesa. Cada qual se lamentava de não ter sido solicitado no lugar dessa moça violenta e irascível, e, mentalmente, preparava platitudes se acaso, por sua vez, fosse chamado.

Mas, passados dez minutos, ela reapareceu, arfando, vermelha a ponto de sufocar, exasperada. Ela balbuciava:

– Ah, gente canalha! Gente canalha!

Todos acorreram para saber, mas ela não disse nada; e, como o conde insistia, ela respondeu com grande dignidade:

– Não, isso não concerne aos senhores, não posso falar.

Então sentaram-se em volta de uma funda sopeira de onde saía um aroma de repolho. Apesar dessa inquietação, o jantar foi alegre. A sidra era boa, o casal Loiseau e as irmãs de caridade beberam-na, por economia. Os outros pediram vinho; Cornudet exigiu cerveja. Ele tinha um jeito peculiar de desarrolhar a garrafa, de fazer espumar o líquido, de examiná-lo ao inclinar o copo, que ele levantava em seguida entre a lâmpada e seu olho para bem apreciar a cor. Quando bebia, sua longa barba, que havia conservado a tonalidade de sua amada beberagem, parecia vibrar de ternura; seus olhos envesgavam para não perder de vista sua caneca, e ele parecia desempenhar a única função para a qual nascera. Dir-se-ia que estabelecia em sua mente um paralelo e uma espécie de afinidade entre as duas grandes paixões que ocupavam toda a sua vida: a Pale Ale e a Revolução; e seguramente ele não podia degustar uma coisa sem pensar na outra.

O sr. e a sra. Follenvie jantavam na ponta da mesa. O homem, estertorando como uma locomotiva arrebentada, tinha no peito desgastes demais para poder falar enquanto comia; mas a mulher jamais se calava. Ela descreveu todas as suas impressões à chegada dos prussianos, o que faziam, o que diziam, execrando-os, primeiro porque lhe custavam dinheiro e, em segundo lugar, porque ela tinha dois filhos no Exército. Ela se dirigia especialmente à condessa, lisonjeada por conversar com uma nobre dama.

Depois baixava a voz para dizer coisas embaraçosas, e seu marido, de tempo em tempo, a interrompia:

– Seria melhor calar-se, sra. Follenvie.

Mas ela não dava a menor atenção a isso, e continuava:

– Sim, senhora, aquela gente só sabe comer batatas e porco, e depois porco e batatas. E que não se pense que eles sejam limpos. Oh, não! Eles emporcalham tudo, com o perdão da expressão. Se os vissem fazer o exercício durante horas e dias... Eles estão todos em um campo: é marchar para a frente, e marchar para trás, e volver para cá, e volver para lá... Se ao menos eles cultivassem a terra, ou se trabalhassem nas estradas de seu país! Mas não, senhora, esses militares não trazem benefício para ninguém! Será preciso que o pobre povo os alimente, apenas para que se aprenda a massacrar! Sou só uma velha mulher sem instrução, é verdade, mas vendo-os arruinar a compleição ao pisotearem sem descanso, digo a mim mesma: enquanto há pessoas que fazem tantas descobertas para ser úteis, será preciso que outras se esforcem tanto para ser prejudiciais?! Francamente, não é uma abominação matar pessoas, sejam prussianos, ingleses, poloneses ou franceses? Se nos vingamos de alguém que nos fez mal, é errado, já que somos condenados; mas quando exterminam nossos rapazes como caça, com fuzis, então isso é certo, já que distribuem condecorações àquele que acaba com o maior número deles? Não, acreditem, jamais entenderei isso!

Cornudet levantou a voz:

– A guerra é uma barbárie quando se ataca um vizinho pacífico; é um dever sagrado quando se defende a pátria.

A velha mulher baixou a cabeça:

– Sim, quando nos defendemos, é diferente; mas não deveríamos antes matar todos os reis que fazem isso para o seu próprio prazer?

O olhar de Cornudet inflamou-se:

– Bravo, cidadã! – disse ele.

O sr. Carré-Lamadon refletia profundamente. Ainda que fosse fanático por ilustres capitães, o bom senso dessa camponesa o fazia pensar na opulência que, em um país, tantos braços desocupados – e, por conseguinte, dispendiosos, tantas forças que se mantêm improdutivas – trariam se fossem empregados nas grandes atividades industriais que levarão séculos para ser concluídas.

Mas Loiseau, deixando seu lugar, foi conversar em voz baixa com o estalajadeiro. O homem gordo ria, tossia, cuspia; seu enorme ventre saltitava de alegria com as pilhérias de seu vizinho, e comprou deste seis tonéis de Bordeaux para a primavera, quando os prussianos tivessem partido.

O jantar mal havia acabado quando foram deitar-se, uma vez que estavam moídos de cansaço.

Loiseau, entretanto, que havia reparado em tudo à sua volta, fez que sua mulher se recolhesse; em seguida, ora colou seu ouvido, ora seu olho no buraco da fechadura, para tentar descobrir o que ele chamava de "os mistérios do corredor".

Depois de cerca de uma hora, ouviu um frufrulhar, olhou rapidamente e percebeu Bola de Sebo, que parecia ainda mais gorducha sob um penhoar de caxemira azul bordado com rendas brancas. Ela segurava um castiçal e dirigia-se para o grande número,[11] bem no fim do corredor. Mas uma porta ao lado entreabriu-se e, quando ela voltou, depois de alguns minutos, Cornudet, com seus suspensórios, a seguia. Eles falavam baixo, depois pararam. Bola de Sebo parecia defender a entrada de seu quarto com vigor. Loiseau, infelizmente, não ouvia as palavras, mas no fim, como levantavam a voz, pôde distinguir algumas. Cornudet insistia com vivacidade. Ele dizia:

— Arre! Está sendo boba, que mal há nisso?

Ela parecia indignada, e respondeu:

— Não, meu caro, há momentos em que essas coisas não se fazem; além do mais, aqui, seria uma vergonha.

Ele não compreendia, sem dúvida, e perguntou por quê. Então ela se exaltou, levantando o tom outra vez:

— Por quê? Não compreende por quê? Quando há prussianos na casa, talvez no quarto ao lado?

Ele se calou. Esse pudor patriótico de meretriz que não se deixava afagar perto do inimigo deve ter despertado em seu coração sua dignidade vacilante, porque, depois de tê-la apenas beijado, ele regressou à sua porta na ponta dos pés.

Loiseau, muito excitado, afastou-se da fechadura, executou um *entrechat* em seu quarto, pôs seu pijama, levantou o lençol, sob o qual jazia a dura carcaça de sua companheira que ele despertou com um beijo, murmurando-lhe:

— Tu me amas, querida?

---

11 Ver nota anterior sobre o número do toalete. [N. T.]

Então a casa inteira tornou-se silenciosa. Porém, logo surgiu de algum lugar, em uma direção indeterminada, que podia ser tanto a da cave quanto a do sótão, um ronco poderoso, monótono, regular, um ruído surdo e prolongado, acompanhado de tremores de caldeira sob pressão. O sr. Follenvie dormia.

Como haviam decidido que partiriam às 8 horas do dia seguinte, todos se reuniram na cozinha; mas a carruagem, cujo toldo tinha um telhado de neve, permanecia solitária no meio do pátio, sem cavalos e sem condutor. Em vão procuraram este último nas estrebarias, na forragem, nas cocheiras. Então todos os homens resolveram explorar a região e saíram. Chegaram à praça, com a igreja ao fundo e, dos dois lados, casas baixas onde avistavam soldados prussianos. O primeiro que avistaram descascava batatas. O segundo, mais longe, lavava a loja do cabeleireiro. Outro, muito barbudo, abraçava uma criancinha que chorava e a embalava sobre seus joelhos para tentar acalmá-la; e as gordas camponesas, cujos homens encontravam-se no "exército da guerra", indicavam a seus vencedores obedientes, por meio de sinais, o trabalho que era preciso fazer: rachar lenha, ensopar o caldo, moer o café; um deles até lavava a roupa de sua hospedeira, uma idosa completamente inválida.

O conde, surpreso, interrogou o sacristão que saía do presbitério. O velho rato de igreja respondeu-lhe:

– Oh! Aqueles não são malvados; não são prussianos, segundo dizem. Eles vêm de mais longe, não sei bem de onde; e todos deixaram uma esposa e filhos em seu país; a guerra não os diverte, arre! Estou certo de que lá longe também choram bastante pelos homens; e isso acarretará uma grande miséria entre eles, assim como entre nós. Por ora, ainda não somos demasiado infelizes aqui, pois eles não fazem mal e trabalham como se estivessem em suas casas. Veja, senhor, como entre gente pobre é preciso se ajudar... São os grandes que fazem a guerra.

Cornudet, indignado com o entendimento cordial estabelecido entre os vencedores e os vencidos, retirou-se, preferindo encerrar-se no albergue. Loiseau proferiu um gracejo:

– Eles repovoam.

O sr. Carré-Lamadon proferiu um dito sério:

– Eles remedeiam.

Todavia, não encontravam o cocheiro. Por fim, acharam-no no café da aldeia, sentado à mesa fraternalmente com o oficial de ordenança. O conde o interpelou:

– Não lhe tinham dado ordem de atrelar a carruagem às 8 horas?

– Ah, sim, é claro, mas me deram outra desde então.

– Qual?

– A de não atrelar de modo algum.

– Quem deu essa ordem?

– Por minha fé! O comandante prussiano.

– Por quê?

– Não sei de nada. Vá perguntar a ele. Proíbem-me de atrelar, eu não atrelo. É isso.

– Foi ele mesmo quem lhe disse isso?

– Não, senhor, foi o estalajadeiro quem me deu a ordem por parte dele.

– Quando foi isso?

– Ontem à noite, quando ia deitar-me.

Os três homens regressaram muito inquietos.

Perguntaram pelo sr. Follenvie, mas a criada respondeu que o patrão, por causa de sua asma, jamais se levantava antes das 10 horas. Ele havia mesmo proibido claramente de acordá-lo mais cedo, exceto em caso de incêndio.

Quiseram ver o oficial, mas isso era absolutamente impossível, embora residisse no albergue. Apenas o sr. Follenvie estava autorizado a falar-lhe sobre os assuntos civis. Então aguardaram. As mulheres voltaram a seus quartos e ocuparam-se com futilidades.

Cornudet instalou-se sob a alta chaminé da cozinha, onde flamejava um grande fogo. Mandou trazer uma das mesinhas onde serviam café, um litro de cerveja, e fumou seu cachimbo, que gozava entre os democratas de uma estima quase igual à sua, como se tivesse servido à pátria ao servir Cornudet. Era um magnífico cachimbo com fornilho admiravelmente queimado, tão escuro quanto os dentes de seu dono, mas perfumado, recurvado, reluzente, familiar à sua mão e complementar à sua fisionomia. E continuou imóvel, os olhos ora fixados na chama da lareira, ora na espuma que coroava sua caneca; e a cada vez que bebia, com ar satisfeito, passava seus longos dedos magros em seus longos cabelos oleosos, enquanto sorvia seu bigode orlado de espuma.

Loiseau, sob o pretexto de desenferrujar as pernas, foi vender vinho para os pequenos comerciantes da região. O conde e o industrial puseram-se a falar de política. Eles previam o futuro da França. Um acreditava nos Orléans, o outro em um salvador desconhecido, um herói que se revelaria quando tudo estivesse perdido: um de Guesclin, talvez uma Joana d'Arc? Ou outro Napoleão I? Ah, se o príncipe imperial não fosse tão jovem! Cornudet, ouvindo-os, sorria como um homem que conhece o ensinamento dos destinos. Seu cachimbo perfumava a cozinha.

Como já eram 10 horas, o sr. Follenvie apareceu. Interrogaram-no prontamente; mas ele só pôde repetir, duas ou três vezes, sem nenhuma variante, estas palavras:

– O oficial disse-me o seguinte: "Sr. Follenvie, impedirá que atrelem amanhã a carruagem desses viajantes. Não quero que partam antes de minha ordem. O senhor compreende. Isso basta".

Então quiseram consultar o oficial. O conde enviou-lhe seu cartão, no qual o sr. Carré-Lamadon acrescentou seu sobrenome e todos os seus títulos. O prussiano respondeu que receberia esses dois homens para uma conversa quando tivesse almoçado, isto é, por volta de uma hora da tarde.

As senhoras reapareceram, e todos comeram um pouco, apesar da apreensão. Bola de Sebo parecia doente e notadamente perturbada.

Terminavam o café quando o oficial de ordenança veio buscar esses senhores.

Loiseau juntou-se aos dois primeiros. Como tentavam arrastar Cornudet para dar mais solenidade à sua solicitação, este declarou orgulhosamente que preferia não ter jamais qualquer relação com os alemães; e voltou para sua chaminé, pedindo outro litro de cerveja.

Os três homens subiram e fizeram-lhes entrar no mais belo aposento do albergue, onde o oficial os recebeu, estendido em uma poltrona, com os pés sobre a lareira, fumando um longo cachimbo de porcelana e envolto em um roupão brilhante, furtado, sem dúvida, na residência abandonada de algum burguês de mau gosto. Ele não se levantou, não os cumprimentou, não lhes dirigiu o olhar. Representava um magnífico exemplo da grosseria natural ao militar vitorioso.

Depois de alguns instantes, finalmente disse:

– O que *fierram* buscar aqui?

O conde tomou a palavra:

– Desejamos partir, senhor.

– Não.

– Ousarei perguntar ao senhor a causa dessa recusa.

– *Porrque* eu não *permitirrei*.

– Eu o farei respeitosamente observar, senhor, que seu comandante em chefe concedeu-nos uma autorização de viagem para chegarmos a Dieppe; e creio que não fizemos nada para merecer o seu rigor.

– Não *permitirrei... Agorra acapou... Os senhorres potem tescer.*

Depois de se inclinarem, os três retiraram-se.

A tarde foi lamentável. Nada compreendiam desse capricho do alemão; e as mais estranhas ideias perturbavam seus espíritos. Todos permaneciam na cozinha e discutiam sem parar, imaginando coisas inverossímeis. Talvez quisessem mantê-los como reféns – mas com que propósito? – ou levá-los como prisioneiros. Ou, ainda, pedir-lhes um resgate considerável. A esse pensamento, foram tomados de pânico. Os mais ricos eram os mais apavorados, imaginando-se já obrigados a despejar sacos cheios de ouro nas mãos desse soldado insolente, a fim de salvarem suas vidas. Quebravam a cabeça para encontrar mentiras plausíveis, dissimular suas riquezas, aparentar-se pobres, muito pobres. Loiseau retirou a corrente de seu relógio e escondeu-a no bolso. A chegada da noite aumentou as apreensões. A lâmpada foi acesa e, como ainda dispunham de duas horas antes do jantar, a sra. Loiseau propôs uma partida de trinta e um. Seria uma distração. Aceitaram. O próprio Cornudet, tendo apagado seu cachimbo por polidez, dela também participou.

O conde embaralhou as cartas, distribui-as. Bola de Sebo tinha trinta e um de saída; e logo o interesse da partida mitigou o temor que atormentava os espíritos. Mas Cornudet percebeu que o casal Loiseau combinava para trapacear.

Como iam sentar-se à mesa, o sr. Follenvie reapareceu; e com sua voz pigarrenta declarou:

– O oficial prussiano manda perguntar à srta. Élisabeth Rousset se ela ainda não mudou de ideia.

Bola de Sebo permaneceu em pé, muito pálida; em seguida, tornando-se subitamente muito ruborizada, teve um acesso de cólera tão intenso que não conseguia mais falar. Por fim, explodiu:

– Dirá àquele crápula, àquele porcalhão, àquele prussiano nojento que jamais aceitarei; compreenda bem, jamais, jamais, jamais.

O gordo estalajadeiro saiu. Então Bola de Sebo foi cercada, interrogada, solicitada por todos para revelar o mistério de sua visita. A princípio ela resistiu, mas logo a exasperação prevaleceu:

– O que ele quer?!... O que ele quer?!... Ele quer dormir comigo! – ela gritou.

Ninguém ficou chocado com a palavra, tamanha foi a indignação. Cornudet quebrou sua caneca ao repousá-la violentamente sobre a mesa. Era um clamor de reprovação contra esse ignóbil soldado grosseirão, um acesso de cólera, uma união de todos pela resistência, como se a cada um tivessem solicitado uma parte do sacrifício exigido dela. O conde declarou com desgosto que essa gente se comportava à maneira dos antigos bárbaros. Especialmente as mulheres manifestaram a Bola de Sebo uma comiseração enérgica e afável. As irmãs de caridade, que só apareciam nas refeições, haviam baixado a cabeça e não diziam nada.

Todavia, jantaram quando o furor inicial foi apaziguado; mas falaram pouco. Pensavam.

As senhoras se recolheram cedo; e os homens, enquanto fumavam, organizaram um *écarté* para o qual foi convidado o sr. Follenvie, a quem tinham a intenção de interrogar habilmente sobre os meios a ser empregados para vencer a resistência do oficial. Mas ele só pensava em suas cartas, sem nada ouvir, sem nada responder; e repetia sem parar:

– Ao jogo, senhores, ao jogo.

Sua atenção estava tão concentrada que até se esquecia de cuspir, o que, por vezes, fazia que seu peito produzisse sons indefinidamente prolongados. Seus pulmões sibilantes produziam toda a gama da asma, desde as notas graves e profundas até as rouquidões agudas dos jovens galos tentando cantar.

Ele até se recusou a subir quando sua esposa, que caía de sono, veio buscá-lo. Então ela se foi sozinha, pois era "diurna", sempre despertada junto com o sol, ao passo que seu homem era "noturno", sempre pronto a passar noitadas com amigos. Ele gritou-lhe:

– Deixe minha gemada perto do fogo – e voltou a seu jogo.

Quando se deram conta de que nada poderiam tirar dele, disseram que era hora de ir e cada qual foi para sua cama.

No dia seguinte, levantaram-se de novo bastante cedo, com uma esperança vaga, um desejo maior de partir, um temor de passar o dia naquele alberguezinho horrível.

Infelizmente, os cavalos permaneciam no estábulo, o cocheiro continuava ausente. Por ociosidade, puseram-se a andar em volta da carruagem.

O almoço foi bem triste; e instalou-se uma espécie de frieza em relação a Bola de Sebo, já que a noite, que é boa conselheira, modificara um pouco os juízos. Agora quase hostilizavam essa moça, por não ter procurado secretamente o prussiano, a fim de assegurar, quando acordassem, uma alegre surpresa para seus companheiros. O que seria mais fácil? Aliás, quem teria sabido? Ela poderia ter salvado sua reputação fazendo comunicar ao oficial que se apiedava da angústia deles. Para ela, isso importava tão pouco!

Mas ninguém admitia ainda esses pensamentos.

À tarde, como morriam de tédio, o conde propôs uma caminhada nos arredores da aldeia. Cada qual se agasalhou bem e o pequeno grupo partiu, à exceção de Cornudet, que preferia ficar perto do fogo, e das irmãs de caridade, que passavam seus dias na igreja ou na casa do pároco.

O frio, a cada dia mais intenso, queimava terrivelmente o nariz e as orelhas; os pés tornavam-se tão doloridos que cada passo era um sofrimento; e quando o campo foi avistado, pareceu-lhes tão espantosamente lúgubre sob essa brancura ilimitada que todos voltaram imediatamente – a alma gélida e o coração apertado.

As quatro mulheres caminhavam à frente, os três homens seguiam um pouco atrás.

Loiseau, que compreendia a situação, perguntou de repente se aquela "megera" ia fazê-los ficar por muito tempo ainda em tal lugar. O conde, sempre cortês, disse que não se podia exigir de uma mulher um sacrifício tão penoso e que isso devia partir dela mesma. O sr. Carré-Lamadon observou que, se os franceses fizessem – como era o caso – um retorno ofensivo por Dieppe, o confronto só poderia ocorrer em Tôtes. Essa reflexão deixou os outros dois inquietos.

– Se fugíssemos a pé – disse Loiseau.

O conde deu de ombros:

– Considerais isso, com essa neve? Com nossas mulheres? Além do mais, logo seríamos perseguidos, alcançados em dez minutos e levados prisioneiros à mercê dos soldados.

Era verdade; calaram-se.

As senhoras falavam de suas toaletes; mas certo constrangimento parecia desuni-las.

De repente, no final da rua, o oficial apareceu. Sobre a neve que encobria o horizonte ele traçava seu grande perfil de vespa fardada, e marchava com os joelhos afastados, com esse movimento peculiar aos militares que se esforçam para não macular suas botas cuidadosamente engraxadas.

Inclinou-se ao passar perto das senhoras e olhou desdenhosamente para os homens, que, de resto, tiveram a dignidade de não o cumprimentar, embora Loiseau tenha feito menção de retirar seu chapéu.

Bola de Sebo ficara vermelha até as orelhas; e as três mulheres casadas sentiam uma grande humilhação por terem sido encontradas assim por esse soldado, na companhia daquela moça a quem ele tratara com tanta insolência.

Então falavam dele, de sua aparência, de seu rosto. A sra. Carré-Lamadon, que conhecera muitos oficiais e os julgava com *expertise*, não achava aquele nada mal; até lamentava que ele não fosse francês, pois daria um belíssimo hussardo, pelo qual todas as mulheres seguramente enlouqueceriam.

Uma vez que regressaram, não souberam mais o que fazer. Até mesmo palavras ásperas foram trocadas a propósito de coisas insignificantes. O jantar silencioso durou pouco e cada qual subiu para deitar-se, na esperança de dormir para matar o tempo.

No dia seguinte, desceram com semblantes cansados e corações exasperados. As mulheres mal falavam com Bola de Sebo.

Um sino soou. Era por causa de um batismo. A moça gorda tinha uma criança que estava sendo educada por camponeses de Yvetot. Ela não a via sequer uma vez por ano e jamais se lembrava dela; mas o anúncio daquela que ia ser batizada lançou em seu coração uma repentina e intensa ternura pela sua, e fez questão de assistir à cerimônia.

Logo que ela partiu, todos se olharam mutuamente, depois aproximaram as cadeiras, pois sentiam claramente que afinal era preciso decidir alguma coisa. Loiseau teve uma inspiração: era a favor de propor ao oficial que apenas retivesse Bola de Sebo e deixasse partir os outros.

O sr. Follenvie novamente se encarregou da tarefa, mas voltou quase imediatamente. O alemão, que conhecia a natureza humana, expulsara-o. Ele pretendia reter todos, enquanto seu desejo não fosse satisfeito.

Então o temperamento vulgar da sra. Loiseau explodiu:

– Em todo caso, nós não vamos morrer de velhice aqui. Já que o trabalho dessa vagabunda é fazer isso com todos os homens, acho que ela não tem o direito de recusar nenhum. Ora essa! Ela pegou tudo o que encontrou em Rouen, até cocheiros! Sim, senhora, o cocheiro da prefeitura! Eu bem sei, ele compra o vinho conosco. E hoje que se trata de nos ajudar, ela dá uma de metida, aquela fedelha... Quanto a mim, acho que esse oficial se conduz muito bem. Talvez esteja em privação há muito tempo; e estávamos lá nós três, que ele sem dúvida teria preferido. Mas não, ele se contenta com aquela que é de todos. Ele respeita as mulheres casadas. Logo, considerem: ele é o senhor; ele só tinha de dizer "eu quero", e podia pegar-nos à força com seus soldados.

As duas mulheres tiveram um leve arrepio. Os olhos da bela sra. Carré-Lamadon brilhavam, e ela estava um pouco pálida, como se já se sentisse tomada à força pelo oficial.

Os homens, que discutiam à parte, aproximaram-se. Loiseau, furibundo, queria entregar "aquela miserável" – com pés e punhos atados – ao inimigo. Mas o conde, oriundo de três gerações de embaixadores e dotado de um físico de diplomata, era partidário da habilidade:

– Seria preciso *decidi-la* – disse ele.

Então conspiraram.

As mulheres aproximaram-se umas das outras, o tom de voz baixou e a discussão tornou-se geral, cada qual expondo sua opinião. Aliás, isso era muito conveniente. Essas senhoras, mais do que ninguém, encontravam formas rebuscadas, expressões sutilmente encantadoras para dizer as coisas mais escabrosas. Um estrangeiro nada teria compreendido, de tanta cautela que tomavam para com a linguagem. Porém, como a fina camada de pudor com que é envolvida qualquer mulher da alta sociedade recobre apenas a superfície, regozijavam-se dessa aventura maliciosa; no fundo, divertiam-se loucamente, sentindo-se à vontade, remexendo o amor com a sensualidade de um cozinheiro guloso que prepara o jantar de outrem.

A alegria voltava espontaneamente, de tanto que a história lhes parecia afinal engraçada. O conde criou pilhérias um tanto ousadas, mas tão bem contadas que faziam sorrir. Loiseau, por sua vez, disparou algumas chulices mais licenciosas, com as quais não se ofenderam; e o pensamento brutalmente expresso por sua esposa dominava todos os espíritos: "Já que é o trabalho dessa moça, por que recusaria este e não aquele?". A prazenteira sra. Carré-Lamadon parecia mesmo pensar que, em seu lugar, recusaria este menos do que qualquer outro.

Prepararam o cerco demoradamente, como se fosse para uma fortaleza sitiada. Cada qual concordou com o papel que desempenharia, com os argumentos sobre os quais se apoiaria, com as manobras que deveria executar. Acertaram o plano para os ataques, os artifícios a ser empregados e as surpresas da ofensiva para forçar essa cidadela viva a receber o inimigo em sua própria praça.

Cornudet, entretanto, permanecia à parte, completamente indiferente a esse assunto.

Uma atenção tão profunda concentrava os espíritos que não ouviram Bola de Sebo entrar. Mas o conde soprou um leve "psit" que fez levantar todos os olhares. Lá estava ela. Calaram-se subitamente; e, de início, certo embaraço impediu que lhe dirigissem a palavra. A condessa, mais adaptada do que os outros às duplicidades dos salões, interrogou-a:

– Foi divertido esse batismo?

Ainda comovida, a moça gorda relatou tudo: os semblantes e as atitudes, e até mesmo o aspecto da igreja. Ela acrescentou:

– É tão bom rezar às vezes.

Entretanto, até o almoço, essas senhoras limitaram-se a ser amáveis com ela, para aumentar sua confiança e a submissão a seus conselhos.

Assim que se sentaram à mesa, iniciaram as investidas. A princípio, foi uma conversação genérica sobre abnegação. Citaram exemplos antigos: Judite e Holofernes; depois, de modo arbitrário, Lucrécia, com Sextus; Cleópatra, recebendo em seu leito todos os generais inimigos e reduzindo-os a servilismos de escravo. Então, desenrolou-se uma história fantasiosa, produzida pela imaginação desses milionários ignorantes, na qual as cidadãs de Roma iam a Cápua para adormecer Aníbal em seus braços, e, com ele, seus tenentes e as legiões de mercenários. Citaram todas as mulheres que detiveram conquistadores, que fizeram de seus corpos um campo de batalha, um meio de dominar, uma arma; que, por meio de suas carícias heroicas, venceram seres hediondos ou odiados e sacrificaram sua castidade à vingança e à abnegação.

Em termos velados, falaram inclusive dessa inglesa de família ilustre que se deixara inocular uma doença horrível e contagiosa para transmiti-la a Bonaparte, milagrosamente salvo por uma fraqueza repentina na hora do encontro fatal.

E tudo isso era relatado de uma maneira conveniente e moderada, que às vezes fazia irromper um entusiasmo deliberado, próprio para incitar a emulação.

Poder-se-ia acreditar, finalmente, que o único papel da mulher nesse mundo era um perpétuo sacrifício de sua pessoa, um abandono contínuo aos caprichos das soldadescas.

Mergulhadas em pensamentos profundos, as duas irmãs de caridade pareciam não entender nada. Bola de Sebo nada dizia.

Deixaram-na refletir a tarde toda. Mas, em vez de chamá-la de "senhora", como haviam feito até então, diziam-lhe simplesmente "senhorita", sem que ninguém soubesse bem por quê, como se quisessem fazê-la descer um degrau na estima que ela havia alcançado, fazê-la perceber sua situação vergonhosa.

No momento em que foi servido o caldo, o sr. Follenvie reapareceu, repetindo sua frase da véspera:

– O oficial prussiano manda perguntar à srta. Élisabeth Rousset se ela ainda não mudou de ideia.

Bola de Sebo respondeu secamente:

– Não, senhor.

No jantar, porém, a coalizão enfraqueceu. Loiseau disse três frases infelizes. Cada qual se empenhava para descobrir novos exemplos e nada encontrava, quando a condessa, talvez sem premeditação, experimentando uma vaga necessidade de honrar a religião, interrogou a mais velha das irmãs de caridade sobre os grandes feitos da vida dos santos. Ora, muitos haviam cometido atos que seriam crimes aos nossos olhos; mas a Igreja facilmente absolve essas faltas quando são realizadas para a glória de Deus ou para o bem do próximo. Era um argumento poderoso; a condessa tirou proveito dele. Então, seja por um desses acordos tácitos, dessas complacências veladas, nos quais sobressai qualquer um que porta um hábito eclesiástico, seja simplesmente pelo efeito de uma feliz incompreensão, de um bendito disparate, a velha religiosa deu à conspiração um formidável apoio. Acreditavam-na tímida, mostrou-se ousada, verbosa, violenta. Ela não se perturbava com as hesitações da casuística; sua doutrina parecia uma barra de ferro; sua fé jamais vacilava; sua consciência não tinha escrúpulos. Considerava bastante simples o sacrifício de Abraão, pois ela teria imediatamente matado pai e mãe por uma ordem vinda do alto; e nada, em sua opinião, podia desagradar ao Senhor quando a intenção era louvável. A condessa, aproveitando-se da autoridade sagrada de sua inesperada cúmplice, fez de modo que ela dissesse uma espécie de paráfrase edificante desse axioma de moral: "O fim justifica os meios".

Ela a interrogava:

– Então, minha irmã, pensais que Deus aceita todos os caminhos e perdoa a ação quando o desígnio é puro?

– Quem poderia duvidar disso, senhora? Frequentemente, uma ação condenável em si mesma torna-se meritória por conta do pensamento que a inspira.

E assim elas prosseguiam perscrutando as vontades de Deus, conjecturando suas decisões, fazendo-o interessar-se por coisas que, efetivamente, não lhe diziam respeito de modo algum.

Tudo isso era intrincado, hábil, comedido. Mas cada palavra da santa mulher entoucada abria uma brecha na resistência indignada da cortesã. Em seguida, à medida que a conversação se desviava um pouco, a mulher com os rosários pendentes falou dos conventos de sua ordem, de sua superiora, de si mesma e de sua gentil vizinha, a estimada irmã Saint-Nicéphore. No Havre, elas haviam sido solicitadas, nos hospitais, para tratar de centenas de soldados acometidos pela varíola. Ela descreveu esses infelizes, detalhou sua doença. E enquanto estavam impossibilitadas de seguir viagem por conta dos caprichos desse prussiano, um grande número de franceses que talvez tivessem salvado podia morrer! Era sua especialidade cuidar dos militares; ela estivera na Crimeia, na Itália, na Áustria e, ao relatar suas expedições, subitamente se revelou uma dessas religiosas espalhafatosas que parecem talhadas para seguir as tropas, recolher feridos nas agitações das batalhas e, melhor do que um oficial, subjugar com uma palavra os terríveis soldados grosseirões e indisciplinados; uma verdadeira irmã de caridade *ra-ta-plã*, cujo rosto devastado, crivado por um sem-número de furos, parecia uma imagem das devastações da guerra.

Depois dela, ninguém disse nada, de tão excelente que o efeito parecia.

Logo que a refeição acabou, subiram muito rapidamente aos quartos, para descer, no dia seguinte, apenas quando a manhã avançara bastante.

O almoço foi tranquilo. À semente plantada na véspera deixavam o tempo de germinar e desenvolver seus frutos.

A condessa propôs fazer um passeio à tarde; então o conde, como fora combinado, tomou o braço de Bola de Sebo e, junto a ela, permaneceu atrás dos outros.

Falou-lhe com esse tom familiar, paternal, algum tanto desdenhoso, que os homens ponderados empregam com as moças, chamando-a de "minha menina querida", considerando-a do alto de sua posição social, de sua honorabilidade inconteste. Sem delongas, tocou no cerne da questão:

– Então prefere deixar-nos aqui, expostos, assim como a senhora, a todos os furores que acompanhariam um fracasso das tropas prussianas, em vez de consentir a um desses favores que, em vossa vida, tantas vezes ofereceu?

Bola de Sebo não respondeu nada.

Ele a envolveu pela afabilidade, pela argumentação, pelos sentimentos. Soube manter-se como "o senhor conde", mostrando-se galante quando era preciso, mesureiro, enfim, amável. Exaltou o serviço que ela lhes prestaria, falou da gratidão deles; depois, de repente, tratando-a com intimidade:

– E sabe, minha querida, ele poderia gabar-se de ter provado de uma bela moça como não encontrará muitas semelhantes em seu país.

Bola de Sebo não respondeu e juntou-se ao grupo.

Assim que voltou para o albergue, subiu ao seu quarto e não reapareceu mais. A apreensão era extrema. O que ela ia fazer? Se resistia, que embaraço!

A hora do jantar soou; esperaram-na em vão. Nesse momento, o sr. Follenvie, ao entrar, anunciou que a srta. Rousset se sentia indisposta, e que podiam se sentar à mesa. Todos ficaram de orelha em pé. O conde aproximou-se do estalajadeiro e segredou-lhe:

– Feito?

– Sim.

Por polidez, nada disse a seus companheiros, mas só lhes fez um leve sinal com a cabeça. Imediatamente, um grande suspiro de alívio saiu de todos os pulmões, uma alegria revelou-se nos semblantes. Loiseau gritou:

– Diacho! Pago champanhe, se tiver no estabelecimento – e a sra. Loiseau ficou apreensiva quando o patrão voltou com quatro garrafas nas mãos. Cada qual se tornara subitamente comunicativo e barulhento; uma alegria licenciosa enchia os corações. O conde pareceu notar que a sra. Carré-Lamadon era encantadora, o industrial fez elogios à condessa. A conversação foi animada, divertida, cheia de tiradas.

De repente, com o rosto ansioso e levantando os braços, Loiseau berrou:

– Silêncio!

Todos se calaram, surpresos, já quase assustados. Então ele escutou com atenção, pedindo silêncio com as duas mãos, ergueu os olhos para o teto, escutou de novo e prosseguiu, com tom de voz natural:

– Fiquem despreocupados, tudo vai bem.

Custaram a entender, mas logo veio um sorriso.

Depois de quinze minutos, ele recomeçou a mesma farsa, repetindo-a com frequência à noite; e fingia interpelar alguém no andar acima, dando-lhe conselhos com duplo sentido tirados de seu espírito de caixeiro-viajante. De vez em quando, ele assumia um ar triste, para suspirar: "Pobre moça!"; ou murmurava entre os dentes com um ar raivoso: "Vai, prussiano patife!". Por vezes, no momento em que não pensavam mais nisso, com uma voz enérgica, ele emitia vários: "Basta! Basta!", e acrescentava, como que falando consigo mesmo:

– Contanto que a vejamos novamente; que ele não acabe com ela, o miserável!

Embora essas pilhérias fossem de um mau gosto deplorável, divertiam e não melindravam ninguém, pois a indignação depende do ambiente, como todas as outras coisas, e a atmosfera que se criara pouco a pouco em torno deles estava carregada de pensamentos chulos.

Durante a sobremesa, as próprias mulheres fizeram alusões espirituosas e discretas. Os olhares reluziam; haviam bebido muito.

O conde, que até em suas distâncias mantinha sua grandiosa aparência de gravidade, encontrou uma comparação, muito apreciada, entre o fim das invernadas no polo e a alegria dos náufragos que veem abrir-se um caminho para o sul.

Loiseau, alongado, levantou-se com uma taça de champanhe na mão:

– Bebo à nossa libertação!

Todos se levantaram; aplaudiram-no. Solicitadas por essas senhoras, as duas irmãs de caridade consentiram em molhar os lábios nesse vinho espumante que jamais haviam provado. Elas afirmaram que aquilo parecia com limonada gasosa, entretanto era mais refinado.

Loiseau resumiu a situação:

– É lamentável que não disponhamos de um piano, pois poderíamos dançar uma quadrilha.

Cornudet não pronunciara uma palavra, não fizera um gesto; aparentava mesmo estar mergulhado em pensamentos muito sérios e, por vezes, com um gesto furioso, puxava sua longa barba, que ele parecia querer alongar ainda mais. Enfim, por volta da meia-noite, porquanto iam se separar, Loiseau, que cambaleava, deu-lhe subitamente uma pancadinha na barriga e, gaguejando, disse-lhe:

– Não estais divertido esta noite; não dizeis nada, cidadão?

Mas Cornudet levantou a cabeça de modo brusco e, percorrendo o grupo com um olhar reluzente e terrível:

– Eu digo a todos os senhores que acabam de cometer uma infâmia! – Levantou-se, dirigiu-se até a porta, repetiu uma vez mais: – Uma infâmia! – e desapareceu.

A princípio, isso criou um mal-estar. Loiseau, desconcertado, continuava aturdido; mas se recompôs. Em seguida, contorceu-se, repetindo:

– Estão muito verdes, meu caro, estão muito verdes.

Visto que não compreendiam, ele contou os "mistérios do corredor". Então houve um formidável restabelecimento de alegria. Essas senhoras divertiam-se como loucas. O conde e o sr. Carré-Lamadon choravam de tanto rir. Eles não podiam acreditar.

– Como? Está seguro? Ele queria...

– Digo-lhes que o vi.
– E ela recusou...
– Porque o prussiano estava no quarto ao lado.
– Não pode ser!
– Eu lhes juro.

O conde mal conseguia respirar. O industrial apertava a barriga com as duas mãos. Loiseau prosseguia:

– E sabeis que, esta noite, ele não a julga nem um pouco divertida.

E os três partiram novamente, exauridos, ofegantes, tossindo.

Separaram-se lá em cima. Mas a sra. Loiseau – que tinha a natureza das urtigas –, no momento em que se deitavam, observou ao marido que "aquela sirigaita" da sra. Carré-Lamadon exibira a noite toda um riso contrafeito:

– Sabes que as mulheres, quando têm queda por uniforme, em verdade, pouco lhes importa se é francês ou prussiano. Se não é lamentável, Deus Senhor!

E durante toda a noite, na escuridão do corredor, correram como que estremecimentos, ruídos fracos, quase inaudíveis, parecidos com arquejos, roçadelas de pés descalços, estalidos imperceptíveis. E certamente só dormiram muito tarde, pois fios de luz resvalaram por muito tempo sob as portas. O champanhe produz esses efeitos; diz-se que ele perturba o sono.

No dia seguinte, um claro sol de inverno tornou a neve deslumbrante. Enfim atrelada, a diligência aguardava em frente à porta, enquanto um exército de pombos brancos, empertigados em suas penas espessas, com olho cor-de-rosa pintado com um ponto preto no meio, passeava calmamente entre as patas dos seis cavalos e buscava sua subsistência no excremento fumegante que espalhavam.

O cocheiro, envolto em sua pele de carneiro, fumava um cachimbo em seu assento, e todos os radiosos viajantes rapidamente mandavam embrulhar provisões para o resto da viagem.

Não esperavam mais ninguém senão Bola do Sebo. Ela surgiu.

Parecia um pouco perturbada, envergonhada; e avançou timidamente em direção a seus companheiros, que, com um só movimento, viraram-se, como se não a tivessem percebido. Com dignidade, o conde pegou o braço de sua esposa e afastou-a desse contato impuro.

A moça gorda deteve-se, estupefata; então, reunindo toda a sua coragem, abordou a esposa do industrial com um "bom dia, senhora" humildemente murmurado. A outra fez com a cabeça apenas uma curta saudação impertinente, seguida de um olhar de virtude ultrajada. Todos pareciam atarefados e permaneciam longe dela, como se tivesse trazido uma doença contagiosa em suas saias. Depois correram para a carruagem, à qual ela chegou por último, sozinha, e retomou em silêncio o lugar que ocupara durante a primeira parte do trajeto.

Pareciam não enxergá-la, desconhecê-la; mas a sra. Loiseau, observando-a de longe com indignação, disse a meia-voz a seu marido:

– Felizmente, não estou ao lado dela.

A pesada carruagem pôs se em movimento e a viagem recomeçou.

De início, não conversaram. Bola de Sebo não ousava levantar os olhos. Ela se sentia ao mesmo tempo indignada contra todos os seus vizinhos e humilhada por ter cedido, enxovalhada pelos beijos daquele prussiano, em cujos braços haviam-na hipocritamente jogado.

Mas a condessa, voltando-se para a sra. Carré-Lamadon, logo quebrou esse penoso silêncio.

– Conhecem, se não me engano, Madame d'Etrelles?

– Sim, é uma de minhas amigas.

– Que mulher encantadora!

– Maravilhosa! Um autêntico temperamento de elite; aliás, muito instruída e uma artista completa: ela canta admiravelmente bem e desenha perfeitamente.

O industrial conversava com o conde e, em meio ao barulho dos vidros da carruagem, por vezes uma palavra sobressaía: "Cupom – vencimento – gratificação – a prazo".

Loiseau, que havia afanado do albergue o velho baralho engordurado ao longo de cinco anos de atrito nas mesas mal asseadas, atacou um besigue com sua mulher.

As irmãs de caridade desprenderam de suas cinturas o longo rosário que pendia, juntas fizeram o sinal da cruz, e súbito seus lábios começaram a mover-se rapidamente, acelerando cada vez mais, lançando seu vago murmúrio em uma espécie de corrida de orações; e, de tempo em tempo, beijavam uma medalha, benziam-se de novo, depois recomeçavam seu resmungo apressado e contínuo.

Cornudet pensava, imóvel.

Depois de três horas de estrada, Loiseau juntou suas cartas:
— Tenho fome — disse ele.

Então sua mulher alcançou um pacote amarrado do qual retirou um pedaço de vitela fria. Trinchou-a cuidadosamente em fatias finas e firmes, e os dois puseram-se a comer.

— E se fizéssemos a mesma coisa? — disse a condessa.

Consentiram; e ela desempacotou as provisões preparadas para os dois casais. Em um desses recipientes alongados, em cuja tampa há uma lebre feita de faiança, para indicar que contém um patê de lebre, estava uma charcutaria suculenta, na qual brancas tiras de toucinho atravessavam a carne dourada da caça, misturada com outras carnes picadas em pequenos pedaços. Trazido em um jornal, havia um belo pedaço de *gruyère*, no qual, sobre sua pasta untuosa, ficara impresso: "crônicas".

As duas irmãs de caridade desembrulharam um naco de salsichão que cheirava a alho; e Cornudet, afundando as duas mãos ao mesmo tempo nos largos bolsos de seu paletó-saco, de um deles tirou quatro ovos cozidos e, do outro, a ponta de um pão. Ele retirou a casca, jogou-a na palha sob seus pés e pôs-se a morder assim mesmo os ovos, deixando cair sobre sua longa barba pequenos pedaços amarelo-claros que, ali dentro, pareciam estrelas.

Bola de Sebo, na pressa e no estupor de seu despertar, não conseguira pensar em nada; e observava, exasperada, sufocando de raiva, toda essa gente que comia placidamente. A princípio, uma cólera tempestuosa a irritou, e ela abriu a boca para gritar-lhes sem rodeios o que pensava deles com uma torrente de impropérios que lhe subia aos lábios; mas não podia falar, de tanto que a exasperação a sufocava.

Ninguém olhava para ela, ninguém lhe dava atenção. Sentia-se mergulhada no desprezo daqueles respeitáveis vigaristas que, de início, haviam-na sacrificado, rejeitando-a, em seguida, como algo asqueroso e inútil. Então ela pensou em sua grande cesta repleta de coisas boas que eles haviam vorazmente devorado, em seus dois frangos reluzentes de gordura gelatinosa, em seus patês, em suas peras, em suas quatro garrafas de Bordeaux; e uma vez que seu furor sucumbiu de repente, como uma corda muito esticada que arrebenta, ela se sentiu prestes a chorar. Fez esforços terríveis, retesou-se, engoliu seus soluços, como fazem as crianças; mas o choro assomava, reluzia na ponta de suas pálpebras, e logo duas pesadas lágrimas, destacando-se dos olhos, rolaram lentamente em suas bochechas. Seguiram-nas outras mais rápidas, brotando como as gotas d'água que transpiram de uma rocha, e caindo regularmente na curva roliça de seu peito. Ela continuava aprumada, o olhar fixo, a face rígida e pálida, esperando que não a vissem.

Mas a condessa apercebeu-se disso e avisou o seu marido com um sinal. Ele deu de ombros, como quem diz: "O que quer? Não é minha culpa". A sra. Loiseau deu uma risada silenciosa de triunfo e murmurou:

– Ela lamenta sua vergonha.

As duas irmãs de caridade haviam recomeçado a rezar depois de enrolar em um papel o resto de seu salsichão.

Então Cornudet, que digeria seus ovos, estendeu suas longas pernas sob o assento à sua frente, inclinou-se para trás, cruzou os braços, sorriu como um homem a quem acaba de ocorrer uma boa pilhéria, e pôs-se a assobiar baixinho *A marselhesa*.

Todos os semblantes enfarruscaram-se. Certamente, o canto popular não agradava aos seus vizinhos. Ficaram nervosos, irritados e pareciam prestes a uivar como cães que ouvem um realejo.

Ele apercebeu-se disso – não parou mais. Por vezes, ele até cantarolava a letra:

Amor sagrado pela pátria,
Conduze, sustenta nossos braços vingadores,
Liberdade, liberdade querida,
Combate com teus defensores![12]

Como a neve estava mais dura, seguiam mais depressa; e até Dieppe, durante as longas horas mornas da viagem, entre os solavancos da estrada, ao anoitecer, depois na escuridão profunda da carruagem, ele continuou, com uma obstinação feroz, seu assobio vingador e monótono, constrangendo os espíritos enfastiados e exasperados a seguir o canto do começo ao fim, a recordar cada palavra que eles aplicavam em cada um dos compassos.

E Bola de Sebo chorava sem cessar; e, às vezes, um soluço que ela não conseguira engolir destacava-se, entre duas estrofes, na escuridão.

---

12 "*Amour sacré de la patrie, / Conduis, soutiens, nos bras vengeurs, / Liberté, liberté, chérie, / Combats avec tes défenseurs!*" [N. T.]

DOIS AMIGOS[1]

PARIS ESTAVA BLOQUEADA, ESFAIMADA E AGONIZANTE. Sobre os telhados, os pardais tornavam-se muito raros e os esgotos despovoavam-se. Comia-se qualquer coisa.

Como passeava tristemente em uma clara manhã de janeiro, ao longo do bulevar exterior, com as mãos nos bolsos da calça de uniforme e o estômago vazio, o sr. Morissot, relojoeiro de profissão e homem caseiro pelas circunstâncias, súbito parou diante de um confrade que reconheceu como um amigo. Era o sr. Sauvage, um conhecido de beira de rio.

Todo domingo, antes da guerra, Morissot saía a partir da aurora, com uma bengala de bambu em uma das mãos e uma caixa de lata nas costas. Ele pegava a estrada de ferro de Argenteuil, descia até Colombes, depois alcançava a pé a Ilha Marante. Assim que chegava a esse lugar de seus sonhos, punha-se a pescar; ele pescava até a noite.

---

1 *Deux amis* (primeira publicação: 1883). Traduzido a partir do texto estabelecido e anotado por Louis Forestier. Cf. MAUPASSANT, Guy de. *Contes et nouvelles*. t.I. Les contes et nouvelles de Maupassant publiés entre 1875 et mars 1884. Préface d'Armand Lanoux; introduction de Louis Forestier. Texte établi et annoté par Louis Forestier. Paris: Gallimard, 1974, coll. "La Bibliothèque de la Pléiade", p.732-8. [N. T.]

Todo domingo, encontrava ali um homenzinho roliço e jovial, o sr. Sauvage, retroseiro à rua Notre-Dame-de-Lorette, outro pescador fanático. Frequentemente, eles passavam metade de um dia lado a lado, com a linha na mão e os pés pendentes acima da correnteza; e tornaram-se amigos.

Havia dias em que não falavam. Por vezes, conversavam; mas entendiam-se admiravelmente bem sem dizer nada, partilhando gostos semelhantes e sensações idênticas.

Na primavera, pela manhã, por volta das 10 horas, quando o sol revigorado fazia flutuar sobre o rio calmo essa nevoazinha que corre com a água, e vertia nas costas dos dois obstinados pescadores uma cálida lufada da nova estação, Morissot às vezes dizia a seu vizinho:

– Que doçura, hein?

E o sr. Sauvage respondia:

– Não conheço nada melhor.

E isso lhes bastava para se entenderem e se estimarem.

No outono, por volta do fim do dia, quando o céu, ensanguentado pelo sol poente, refletia na água figuras de nuvens escarlates, corava o rio inteiro, ruborizava o horizonte, tornava vermelhos como fogo os dois amigos e dourava as árvores já arruivadas, frementes de um tremor de inverno, o sr. Sauvage olhava sorrindo para Morissot e dizia:

– Que espetáculo!

E Morissot, maravilhado, sem tirar os olhos de sua boia, respondia:

– Isso é melhor do que o bulevar, hein?

Logo que se reconheceram, deram um aperto de mãos enérgico, muito emocionados por se encontrarem em circunstâncias tão distintas. O sr. Sauvage, dando um suspiro, murmurou:

– Eis aí as contingências!

Morissot, muito taciturno, lamuriou:

– E que tempo! Hoje é o primeiro dia bonito do ano.

O céu estava, com efeito, inteiramente azul e muito luminoso.

Puseram-se a caminhar lado a lado, pensativos e tristes. Morissot prosseguiu:

– E a pesca, hein? Que boa lembrança!
O sr. Sauvage perguntou:
– Quando voltaremos a ela?
Eles entraram em um pequeno café e beberam juntos um copo de absinto; depois puseram-se a passear nas calçadas.
Morissot deteve-se de repente:
– Outra dose de absinto, hein?
O sr. Sauvage consentiu:
– À sua disposição.
E adentraram em outro armazém de vinhos.
Ao saírem, estavam muito atordoados, alterados como pessoas em jejum cujo estômago encontra-se repleto de álcool. O tempo estava ameno. Uma brisa afável acariciava-lhes o rosto.
O sr. Sauvage, a quem o ar tépido acabava de inebriar, deteve-se:
– E se fôssemos lá?
– Onde?
– À pesca, ora essa!
– Mas onde?
– Ora, em nossa ilha! Os postos avançados franceses encontram-se perto de Colombes. Conheço o coronel Dumoulin; conseguiremos passar facilmente.
Morissot vibrou de vontade:
– Decidido. Estou dentro.
E se separaram para buscar seus equipamentos.
Uma hora depois, caminhavam lado a lado pela estrada principal. Em seguida, alcançaram a vila onde morava o coronel. Ele sorriu ao seu pedido e consentiu com sua fantasia. Puseram-se novamente a caminho, munidos de um salvo-conduto.
Logo atravessaram os postos avançados, passaram por Colombes abandonada e viram-se à beira dos pequenos vinhedos que descem em direção ao Sena. Eram aproximadamente 11 horas.
Em frente, a aldeia de Argenteuil parecia morta. As colinas de Orgemont e de Sannois dominavam toda a região. A grande planície que se estende até Nanterre estava vazia, totalmente vazia, com suas cerejeiras desfolhadas e suas terras cinzentas.
O sr. Sauvage, apontando para os topos, murmurou:

– Os prussianos estão lá em cima!

E uma inquietação paralisava os dois amigos perante essa região deserta.

"Os prussianos!" Eles jamais tinham avistado algum deles, mas pressentiam sua presença havia meses, nos arredores de Paris, arruinando a França, pilhando, massacrando, esfaimando, invisíveis e todo-poderosos. E uma espécie de terror supersticioso somava-se ao ódio que sentiam por esse povo desconhecido e vitorioso.

Morissot balbuciou:

– E se encontrarmos algum, hein?

O sr. Sauvage respondeu, com esse escárnio parisiense, apesar de tudo ressurgente:

– Ofereceríamos a ele alguma coisa frita.

Mas hesitavam em se aventurar no campo, intimidados pelo silêncio de todo o horizonte.

Afinal, o sr. Sauvage decidiu-se:

– Vamos, continuemos! Mas com prudência.

E, por um vinhedo, desceram agachados, rastejando, aproveitando os arbustos para esconder-se, os olhos inquietos, os ouvidos atentos.

Restava-lhes atravessar uma faixa de terra sem vegetação para alcançar a beira do rio. Puseram-se a correr e, assim que atingiram a margem, esconderam-se nos juncos secos.

Morissot apoiou o rosto no chão para escutar se alguém caminhava nas redondezas. Não ouviu nada. Estavam realmente sós, totalmente sós.

Tranquilizaram-se e puseram-se a pescar.

À sua frente, abandonada, a Ilha Marante os escondia da outra margem. A casinha do restaurante estava fechada; parecia negligenciada havia anos.

O sr. Sauvage pegou o primeiro cadoz, Morissot fisgou o segundo e, a cada instante, levantavam suas linhas com um pequeno animal prateado agitando-se na ponta do fio: uma pesca realmente milagrosa.

Introduziam delicadamente os peixes em uma bolsa de rede com malhas firmemente cerradas, que ficava submersa junto de seus pés. E uma alegria deliciosa os invadia, essa alegria que surpreende quando se recupera um prazer amado do qual se foi privado por um longo tempo.

O bom sol derramava o calor sobre seus ombros; não ouviam mais nada, não pensavam em mais nada, ignoravam o resto do mundo: pescavam.

Mas, de repente, um ruído abafado, que parecia se originar de baixo da terra, fez o solo tremer. O canhão tornou a ribombar.

Morissot voltou a cabeça e, por cima da margem, avistou ao longe, à esquerda, a enorme silhueta do Mont-Valérien, que exibia em seu pico um penacho branco, uma névoa de pó que acabara de cuspir.

E logo um segundo jato de fumaça partiu do topo da fortaleza; e, depois de alguns instantes, uma nova detonação ribombou.

Então outras se seguiram; e, de tempo em tempo, a montanha exalava seu hálito de morte, soprava seus vapores leitosos que se erguiam lentamente no céu calmo, formando uma nuvem acima dela.

O sr. Sauvage deu de ombros:

– Eis que recomeçam – disse ele.

Morissot, que observava com ansiedade a pluma de sua boia mergulhar sucessivamente, súbito foi tomado de uma ira de homem pacífico contra esses fanáticos que combatiam dessa maneira, e resmungou:

– É preciso ser estúpido para aniquilar-se assim.

O sr. Sauvage prosseguiu:

– São piores do que animais.

E Morissot, que acabara de pegar uma tainha, declarou:

– E pensar que será sempre assim enquanto houver governos.

O sr. Sauvage cortou-lhe a palavra:

– A República não teria declarado a guerra...

Morissot o interrompeu:

– Com os reis, temos a guerra lá fora; com a República, temos guerra aqui dentro.

E tranquilamente se puseram a discutir, desenredando as grandes questões políticas com uma razão robusta de homens dóceis e limitados, concordando neste ponto: que jamais alguém poderia ser livre. E o Mont-Valérien ribombava sem descanso, demolindo casas francesas com tiros de canhão, triturando vidas, esmagando seres, acabando com muitos sonhos, com muitas alegrias esperadas, com muitas felicidades almejadas, abrindo em corações de mulheres, em corações de moças, em corações de mães, lá longe, em outros países, sofrimentos que jamais terminariam.

– É a vida – disse o sr. Sauvage.

– Antes, diria que é a morte – replicou Morissot, rindo.

Mas estremeceram, apavorados, ao sentir claramente que alguém acabava de movimentar-se às suas costas; e, voltando os olhos, perceberam, em pé, atrás deles, quatro homens, quatro homens enormes, armados e barbudos, vestidos como se fossem criados de libré e usando bonés achatados, apontando-lhes seus fuzis.

As duas linhas escaparam de suas mãos e foram levadas pela correnteza do rio.

Em alguns segundos, foram capturados, amarrados, carregados, jogados em um barco e levados até a ilha.

E, atrás da casa que julgaram abandonada, viram cerca de vinte soldados alemães.

Uma espécie de gigante peludo, que, escarranchado em uma cadeira, fumava um grande cachimbo de porcelana, perguntou-lhes, em excelente francês:

– E então, senhores, fizeram uma boa pesca?

Então, um soldado depositou aos pés do oficial a rede cheia de peixes, que tivera o cuidado de trazer. O prussiano sorriu:

– Ora, ora! Vejo que não estava ruim. Mas trata-se de outra coisa. Escutem-me e não se perturbem. Julgo que sejam dois espiões enviados para espreitar-me. Eu os prendo e os executo. Fingiam que pescavam, a fim de dissimular melhor os seus planos. Caíram em minhas mãos, tanto pior para os senhores: é a guerra. Mas como vieram pelos postos avançados, decerto têm uma senha para regressar. Deem-me essa senha e os pouparei.

Os dois amigos, lívidos, lado a lado, com as mãos agitadas por um leve tremor nervoso, continuavam calados.

O oficial completou:

– Ninguém jamais saberá, voltarão tranquilamente. O segredo desaparecerá com os senhores. Se recusarem, morrerão, e de imediato. Escolham.

Eles permaneciam imóveis, sem abrir a boca.

O prussiano, ainda calmo, prosseguiu, apontando para o rio:

– Imaginem que, daqui a cinco minutos, estarão no fundo dessa água. Daqui a cinco minutos! Decerto têm parentes...

O Mont-Valérien ainda ribombava.

Os dois pescadores permaneciam em pé e silenciosos. O alemão deu ordens em sua língua. Depois mudou sua cadeira de lugar para não ficar perto demais dos prisioneiros; e doze homens vieram dispor-se a vinte passos, em posição de descansar arma.

O oficial retomou:

– Concedo-lhes um minuto, nem dois segundos a mais.

Em seguida, levantou-se de repente, aproximou-se dos dois franceses, tomou Morissot pelo braço, conduziu-o para mais longe e disse-lhe discretamente:

– Depressa, qual é essa senha? Seu camarada não saberá nada, fingirei apiedar-me.

Morissot não respondeu nada.

O prussiano então arrastou o sr. Sauvage e fez-lhe a mesma pergunta.

O sr. Sauvage não respondeu.

Novamente, encontraram-se lado a lado.

E o oficial pôs-se a ordenar. Os soldados ergueram suas armas.

Então o olhar de Morissot recaiu por acaso sobre a rede cheia de cadozes, a qual ficara na relva, a alguns passos dele.

Um raio de sol fazia brilhar o monte de peixes que ainda se debatiam. E ele foi tomado de uma fraqueza. Apesar de seus esforços, seus olhos encheram-se de lágrimas.

Ele balbuciou:

– Adeus, sr. Sauvage.

O sr. Sauvage respondeu:

– Adeus, sr. Morissot.

Deram um aperto de mãos, sacudidos da cabeça aos pés por incontroláveis tremores.

O oficial gritou:

– Fogo!

Os doze tiros tornaram-se um.

O sr. Sauvage caiu como um bloco, de cara no chão. Morissot, mais alto, oscilou, girou e despencou atravessado sobre seu camarada, o rosto voltado para o céu, enquanto jorros de sangue escapavam de sua veste furada no peito.

O alemão deu novas ordens.

Seus homens dispersaram-se, depois voltaram com cordas e pedras que amarraram nos pés dos dois mortos; em seguida, carregaram-nos até a margem.

O Mont-Valérien não cessava de retumbar, agora ornado com uma nuvem de fumaça.

Dois soldados seguraram Morissot pela cabeça e pelas pernas; outros dois apanharam o sr. Sauvage da mesma forma. Os corpos, depois de serem balançados com força, foram lançados ao longe, seguiram em curva, então mergulharam no rio, em pé, as pedras puxando primeiro os pés.

A água jorrou, borbulhou, agitou-se, depois se acalmou, enquanto pequeninas ondas avançavam até as beiras.

Um pouco de sangue flutuava.

O oficial, sempre sereno, disse a meia-voz:

– Agora é a vez dos peixes.

Em seguida, voltou para a casa.

E súbito percebeu a rede com os cadozes na relva. Recolheu-a, examinou-a, sorriu e exclamou:

– Wilhem!

Um soldado de avental branco acorreu. E o prussiano, jogando-lhe a pesca dos dois fuzilados, ordenou:

– Manda fritar agora mesmo esses pequenos animais, enquanto ainda estão vivos. Será delicioso.

Em seguida, pôs-se novamente a fumar seu cachimbo.

HISTÓRIA DE UM CÃO[1]

RECENTEMENTE, TODA A IMPRENSA REAGIU ao apelo da Sociedade Protetora dos Animais, que deseja fundar um *abrigo* para os bichos. Seria uma espécie de albergue e um refúgio onde os pobres cães sem dono encontrariam alimento e proteção, em vez da laçada que a prefeitura lhes reserva.

Os jornais, a respeito disso, recordaram a fidelidade dos bichos, sua inteligência, sua lealdade. Citaram traços de espantosa sagacidade. A seguir quero contar a história de um cachorro perdido, mas de um cachorro comum, feio e de aparência vulgar. Essa história simplíssima é verdadeira em todos os aspectos.

Nas cercanias de Paris, às margens do Sena, vive uma família de burgueses ricos. Eles têm um belo imóvel, amplo jardim, cavalos e carruagens e numerosos empregados. O cocheiro chama-se

---

[1] *Histoire d'un chien* (primeira publicação: 1881). Traduzido a partir do texto estabelecido e anotado por Louis Forestier. Cf. MAUPASSANT, Guy de. *Contes et nouvelles*. t.I. Les contes et nouvelles de Maupassant publiés entre 1875 et mars 1884. Préface d'Armand Lanoux; introduction de Louis Forestier. Texte établi et annoté par Louis Forestier. Paris: Gallimard, 1974, coll. "La Bibliothèque de la Pléiade", p.314-8. [N. T.]

François. É um rapaz do campo, não muito esperto, um pouco desajeitado, grosseiro, tapado e gentil.

Uma noite, quando voltava para a casa de seus senhores, um cão pôs-se a segui-lo. A princípio, ele não percebeu; mas a obstinação do bicho em acompanhá-lo de perto logo o fez virar-se. Olhou para ver se conhecia aquele cão; mas não: jamais o vira.

Era uma cadela de uma magreza pavorosa, com grandes tetas pendentes. Caminhava depressa atrás do homem com um ar consternador e faminto, o rabo escondido entre as patas, as orelhas caídas; e quando ele parava, ela parava, retomando o passo quando ele o retomava.

Ele quis afugentar essa carcaça de bicho; e gritou:

– Vá embora, fuja! Vá! Vá!

Ela afastou-se dois ou três passos, e sentou-se, esperando; em seguida, assim que o cocheiro recomeçou a caminhar, ela retomou o passo atrás dele.

Ele fingiu apanhar pedras. O animal distanciou-se um pouco mais, com um forte sacolejo de suas tetas flácidas; mas voltou logo que o homem virou as costas. Então o cocheiro François chamou-o. A cadela aproximou-se timidamente, com a espinha dobrada como um círculo e todas as costelas levantando a pele. Ele acariciou esses ossos salientes e, tomado de piedade por esse bicho desvalido:

– Vamos, venha! – disse ele.

Imediatamente, ela abanou o rabo, sentindo-se acolhida, adotada e, em vez de ficar nas pernas do dono que escolhera, começou a correr à frente dele.

Ele acomodou-a na palha da estrebaria, depois correu até a cozinha para buscar pão. Quando ela havia comido até não poder mais, adormeceu, enrodilhada.

No dia seguinte, os patrões, avisados pelo cocheiro, permitiram que ele ficasse com o animal. Entretanto, a presença desse bicho na casa logo se tornou motivo de aborrecimentos incessantes. Com certeza, ela era a mais sem-vergonha das cadelas; e, durante o ano inteiro, os pretendentes de quatro patas fizeram o cerco em torno de sua morada. Eles rondavam pela estrada, em frente à porta, enfiavam-se em todas as aberturas da sebe viva que cercava o jardim, destruíam as platibandas, arrancando as flores, cavando buracos nos canteiros, exasperando o jardineiro. Dia e noite, era um concerto de urros e brigas sem fim.

Até na escadaria, ora os patrões encontravam pequenos fraldiqueiros com rabos levantados, cães amarelos, desses vira-latas que vivem de restos, ora terra-novas enormes com pelos encaracolados, cãezinhos bigodudos – todos os exemplares da raça ladrante.

A cadela, que François havia sem malícia chamado de "Cocote" (e ela fazia jus a seu nome), recebia essas homenagens todas; e produzia, com uma fecundidade realmente fenomenal, multidões de cãezinhos de todas as raças conhecidas. A cada quatro meses, o cocheiro ia até o rio afogar uma meia dúzia de criaturas buliçosas, que já ganiam e pareciam sapos.

Cocote tornara-se enorme. Na mesma proporção que fora magra, agora estava obesa, com um ventre inchado sob o qual ainda arrastava suas grandes tetas pendentes. Ela havia engordado de repente, em alguns dias. E deslocava-se com dificuldade, com as patas afastadas, à maneira das pessoas demasiado gordas, com a boca aberta para respirar e extenuada assim que passeava dez minutos.

O cocheiro François dizia sobre ela:

– É uma boa bichinha, com certeza; mas, por minha fé, é muito desregrada.

O jardineiro praguejava todos os dias. Deu-se a mesma coisa com a cozinheira. Ela encontrava cães debaixo de seu fogão, sob as cadeiras, na despensa de carvão; e roubavam tudo que estava a seu alcance.

O patrão ordenou que François se livrasse de Cocote. Desesperado, o empregado chorou, mas teve de obedecer. Ele ofereceu a cadela a todos. Ninguém a queria. Ele tentou abandoná-la; ela voltou. Um caixeiro-viajante levou-a no bagageiro de sua carroça para deixá-la em uma cidade afastada. A cadela achou o caminho e, apesar de sua barrigona pendente, com certeza sem comer, ela voltou em um dia; e foi tranquilamente se deitar em sua estrebaria.

Dessa vez, o patrão irritou-se, e, ao chamar François, disse-lhe enraivecido:

– Se o senhor não afogar esse bicho até amanhã, despeço-o, está entendendo?!

O homem ficou consternado – adorava Cocote. Ele voltou ao seu quarto, sentou-se em sua cama, depois arrumou sua mala, a fim de partir. Todavia, considerou que seria impossível encontrar um novo emprego, pois ninguém o aceitaria enquanto arrastasse a seus pés essa cadela, sempre seguida por uma multidão de cães. Logo, era preciso desfazer-se dela. Não podia entregá-la; não conseguia abandoná-la; o rio era a única solução. Então pensou em oferecer vinte soldos a alguém para que efetuasse a execução. Porém, a esse pensamento, sobreveio-lhe uma tristeza profunda; considerou que outra pessoa talvez a fizesse sofrer, espancasse-a no caminho, tornasse penosos seus últimos momentos, fizesse de modo que ela entendesse que queriam matá-la, pois ela entendia tudo, aquela bichinha! E decidiu fazer a coisa por conta própria.

Ele não dormiu. Estava de pé logo ao amanhecer e, apanhando uma corda forte, foi buscar Cocote. Ela levantou-se lentamente, sacudiu-se, esticou suas patas e veio fazer festa a seu dono.

Então ele sentou-se e, pegando-a no colo, acariciou-a por muito tempo, beijou-a no focinho; em seguida, levantando-se, ele disse:

– Venha.

E ela sacudiu o rabo, entendendo que iam sair.

Alcançaram a margem, e ele escolheu um lugar onde a água parecia profunda.

Então amarrou uma ponta da corda no pescoço do animal e, ao pegar uma pesada pedra, prendeu-a na outra ponta. Depois disso, tomou sua cadela em seus braços e beijou-a loucamente, como a uma pessoa de quem se está prestes a separar. Ele a mantinha apertada contra o peito, embalava-a; e ela deixava-se acalentar, grunhindo de satisfação.

Dez vezes ensaiou jogá-la; toda vez, faltou-lhe a coragem. Mas, de repente, decidiu-se, e, com toda a sua força, lançou-a o mais longe possível. Ela flutuou por um instante, debatendo-se, tentando nadar como quando a banhavam, mas a pedra a levava para o fundo; ela mostrou um olhar de angústia; e sua cabeça desapareceu primeiro, enquanto suas patas traseiras, saindo da água, agitavam-se ainda.

Em seguida, algumas bolhas de ar vieram à superfície. François acreditava ver sua cadela contorcendo-se na vasa do rio.

Faltou pouco para tornar-se louco e, durante um mês, ele adoeceu, assombrado pela lembrança de Cocote, que ele ouvia latir sem parar.

Ele a afogara aproximadamente no fim de abril. Só recuperou sua tranquilidade muito tempo depois. Enfim, não pensava mais nisso de modo algum quando, por volta de meados de junho, seus patrões partiram e levaram-no aos arredores de Rouen, onde iam passar o verão.

Uma manhã, como fazia muito calor, François saiu para banhar-se no Sena. Ao entrar na água, um odor nauseante fez que olhasse a seu redor, e avistou nos juncos uma carcaça, um corpo de cachorro em putrefação. Aproximou-se, surpreso com a cor do pelo. Uma corda podre ainda apertava-lhe o pescoço. Era sua cadela, Cocote, que fora levada pela corrente ao longo de 60 léguas desde Paris.

Com água até os joelhos, ele permanecia de pé, espantado, tão transtornado como se estivesse diante de um milagre, em face de uma aparição vingadora. Ele vestiu-se imediatamente e, tomado de um temor insano, pôs-se a andar adiante, a esmo, enlouquecido. Assim perambulou o dia inteiro e, ao cair da tarde, perguntou o caminho, que ele não encontrava mais. Desde então, jamais ousou tocar em um cão.

Esta história tem apenas um mérito: é verdadeira, inteiramente verdadeira. Não fosse a estranha coincidência do cachorro morto, encontrado depois de seis semanas e a uma distância de 60 léguas, seguramente eu não teria tomado conhecimento dela; pois, todos os dias, quantos desses pobres animais sem abrigo não vemos?

Se o projeto da Sociedade Protetora dos Animais tiver êxito, talvez venhamos a encontrar menos desses cadáveres de quatro patas encalhados nas margens do rio.

A MÃE DE MONSTROS[1]

LEMBREI-ME DESSA HORRÍVEL HISTÓRIA e dessa horrível mulher outro dia, ao ver passar, em uma praia muito estimada pelos ricos, uma parisiense conhecida, jovem, elegante, encantadora, adorada e respeitada por todos.

Minha história ocorreu há muito tempo, mas essas coisas não se esquecem.

Eu havia sido convidado por um amigo para morar algum tempo em sua casa, em uma cidadezinha de interior. Para apresentar-me a região, levou-me a toda parte, fez-me ver as reputadas paisagens, os castelos, as indústrias, as ruínas; mostrou-me os monumentos, as igrejas, as antigas portas esculpidas, as árvores com porte imenso ou com forma estranha, o carvalho de santo André e o teixo de Roqueboise.

Quando havia apreciado com exclamações de entusiasmo benevolente todas as curiosidades do lugar, meu amigo, com um

---

[1] *La Mère aux monstres* (primeira publicação: 1883). Traduzido a partir do texto estabelecido e anotado por Louis Forestier. Cf. MAUPASSANT, Guy de. *Contes et nouvelles*. t.I. Les contes et nouvelles de Maupassant publiés entre 1875 et mars 1884. Préface d'Armand Lanoux; introduction de Louis Forestier. Texte établi et annoté par Louis Forestier. Paris: Gallimard, 1974, coll. "La Bibliothèque de la Pléiade", p.842-7. [N. T.]

semblante desolado, declarou-me que não restava mais nada a visitar. Respirei aliviado. Nesse momento ia poder repousar um pouco à sombra das árvores. Mas, de repente, ele exclamou:

– Ah, sim! Temos a mãe de *monstros*; é preciso que você a conheça.

Perguntei:

– Quem?! A mãe de monstros?!

Ele prosseguiu:

– É uma mulher abominável, um verdadeiro demônio, um ser que todo ano dá à luz, voluntariamente, crianças disformes, hediondas, assustadoras, enfim, monstros, e que os vende aos apresentadores de monstruosidades. De tempo em tempo, esses horríveis empreendedores vêm informar-se se ela produziu alguma nova aberração, e, quando a criatura lhes agrada, levam-na mediante o pagamento de uma renda à mãe. Ela tem onze rebentos dessa natureza. É rica. Você acha que estou brincando, que invento, exagero. Não, meu amigo. Conto-lhe apenas a verdade, a absoluta verdade. Vamos ver essa mulher. Depois lhe direi como ela se tornou uma fábrica de monstros.

Ele me levou às cercanias da cidade.

Ela morava em uma bela casinha à beira da estrada. Era graciosa e bem cuidada. O jardim – todo florido – tinha um aroma agradável. Dir-se-ia a residência de um tabelião aposentado.

Uma criada fez-nos entrar em uma espécie de salãozinho rústico, e a miserável apareceu.

Ela tinha cerca de 40 anos. Era uma pessoa alta, com traços duros, mas bem-conformada, vigorosa e saudável, o autêntico tipo da camponesa robusta, meio selvagem, meio mulher.

Ela sabia da censura que a atingia e só parecia receber as pessoas com uma humildade rancorosa.

Ela perguntou:

– O que desejam esses senhores?

Meu amigo disse:

– Disseram-me que seu último filho era constituído como todo mundo, que de modo algum se parecia com seus irmãos. Quis assegurar-me disso. É verdade?

Lançou-nos um olhar pérfido e furioso, e respondeu:
– Oh, não! Oh, não! Meu *pob'e* senhor. É *ta'vez mai* feio do que os *ot'o*. Não tenho nenhuma sorte, nenhuma sorte. Todos assim, meu caro senhor, todos assim, é uma desolação, é *possive* que o bom Deus seja duro a tal ponto com uma *pob'e* mulher sozinha no mundo, é *possive*?

Ela falava depressa, com os olhos abaixados, com um ar hipócrita, semelhante a um animal feroz que tem medo. Abrandava o tom ríspido de sua voz, e surpreendia-nos o fato de que essas palavras lacrimosas e sustentadas em falsete saíssem desse grande corpo ossudo, demasiado forte, com formas grosseiras, que parecia feito para os gestos impetuosos e para uivar à maneira dos lobos.

Meu amigo pediu:
– Gostaríamos de ver seu pequeno.

Ela pareceu-me corar. Enganei-me, talvez? Depois de alguns instantes de silêncio, pronunciou com um tom de voz mais intenso:
– De que *qu'isso* serviria?

E levantara a cabeça, examinando-nos mediante olhadelas ríspidas, com fogo em seu olhar.

Meu companheiro prosseguiu:
– Por que não quer nos deixar vê-lo? Há muita gente para quem a senhora o mostra. Sabe a quem me refiro!

Ela teve um sobressalto e, soltando sua voz, soltando sua cólera, gritou:
– Foi por isso que vieram, certo? Para insultar-me, é isso? Porque meus filhos são como animais, certo? Não o verão, não, não; não o verão; vão embora, vão embora. Sei lá *por qu'é que* todos têm de me insultar assim!

Ela caminhava em nossa direção com as mãos nos quadris. Ao som brutal de sua voz, uma espécie de gemido, ou melhor, um miado, um grito choroso de idiota veio do cômodo vizinho. Estremeci até a medula. Diante dela, recuávamos.

Meu amigo afirmou com um tom severo:
– Preste atenção, sua Diabo (entre o povo, chamavam-na de "a Diabo"), preste atenção, mais cedo ou mais tarde isso lhe trará desgraça.

Ela pôs-se a tremer de furor, agitando os punhos, transtornada, urrando:

– Vão embora! Mas o que é que me trará desgraça?! Vão embora! Bando de descrentes!

Ela ia atacar-nos. Fugimos com o coração angustiado.

Quando atravessamos a porta, meu amigo perguntou-me:

– E então, você a viu? O que me diz dela?

Respondi:

– Conte-me então a história dessa bruta.

Eis o que ele me contou, ao voltarmos a passos lentos na esbranquiçada estrada principal, margeada de plantios já maduros que, aos sopros, um vento leve fazia ondular como um mar calmo.

Outrora, em uma fazenda, essa moça fora serviçal: vigorosa, ordeira e poupadora. Não se sabia se ela tinha namorado; não se desconfiava que ela tivesse qualquer fraqueza.

Ela cometeu um erro, assim como todas elas cometem, em uma noite de colheita, em meio aos feixes ceifados, sob um céu tempestuoso, quando a atmosfera inerte e pesada parece imbuída de um calor de forno, e encharca de suor os corpos bronzeados dos rapazes e das jovens.

Logo ela se viu grávida e foi torturada pela vergonha e pelo medo. Querendo a qualquer preço esconder sua desgraça, amarrava o ventre com força, por meio de um método que havia inventado: um corpete de força, feito de pequenas lâminas de madeira e de cordas. Quanto mais seu ventre se dilatava pelo esforço da criança que crescia, tanto mais ela apertava o instrumento de tortura, sofrendo o martírio, mas corajosa na dor, sempre sorridente e ágil, de modo que não pudessem se aperceber ou suspeitar de algo.

Ela desfigurou em suas entranhas o pequeno ser oprimido pelo terrível aparelho; comprimiu-o, deformou-o, fez dele um monstro. Pressionado, seu crânio alongou-se, elevou-se em ponta com dois grandes olhos saltados diretamente da fronte. Os membros comprimidos contra o corpo cresceram tortos como a madeira das vinhas, alongaram-se desmesuradamente, terminados por dedos semelhantes a patas de aranha.

O tronco permaneceu muito pequeno e redondo como uma noz.

Ela pariu no meio dos campos, em uma manhã de primavera.

Quando as sachadoras que acorreram para ajudá-la viram a coisa que lhe saía do corpo, fugiram aos gritos. E na região corria o boato de que ela dera à luz um demônio. Desde então, ela é chamada de "a Diabo".

Foi despedida de sua função. Isolada, viveu de caridade e talvez de amor, pois era moça bela, e nem todos os homens temem o inferno.

Ela criou seu monstro, que, aliás, ela odiava com ódio selvagem e que talvez tivesse estrangulado se acaso o pároco, ao prever o crime, não a tivesse aterrorizado com a ameaça da justiça.

Ora, um dia, apresentadores de monstruosidades que passavam por ali ouviram falar da assustadora aberração e pediram para vê-la, a fim de levá-la, caso se interessassem por ela. A criatura fascinou-os, e deram à mãe 500 francos em espécie. A princípio acanhada, ela opunha-se a mostrar esse tipo de animal. Porém, quando descobriu que ele valia dinheiro, que açulava a avidez dessas pessoas, ela pôs-se a barganhar, a discutir centavo por centavo, atiçando-os com as deformidades de seu filho, aumentando seu preço com uma tenacidade de camponesa.

Para não ser roubada, firmou um acordo com os interessados. E eles comprometeram-se a dar-lhe mais 400 francos por ano, como se tivessem disposto desse animal para ser seu serviçal.

Esse provento inesperado enlouqueceu a mãe, e o desejo de gerar outra monstruosidade não mais a deixou, sequiosa que estava de obter rendas como uma burguesa.

Como era fértil, obteve sucesso segundo sua vontade, e parece que se tornou hábil em variar as formas de seus monstros, de acordo com as pressões que lhes fazia suportar durante o tempo de sua gestação.

Ela gerou grandes e pequenos, uns parecidos com caranguejos, outros semelhantes a lagartos. Muitos morreram; ela contristou-se.

A justiça tentou intervir, mas ninguém conseguiu provar nada. Então, deixaram-na fabricar suas monstruosidades em paz.

Hoje ela possui onze dessas criaturas bem vivas, que lhe rendem, em média, 5 mil a 6 mil francos. Apenas uma ainda não foi negociada: a que ela não quis nos mostrar. Porém, não irá retê-la por muito tempo, pois atualmente essa mulher é conhecida por todos os animadores do mundo, que, de tempo em tempo, vêm conferir se ela tem algo novo.

Ela organiza até mesmo leilões entre eles, quando a coisa vale a pena.

Meu amigo calou-se. Uma repugnância profunda enojava-me, e uma cólera tumultuosa, um pesar de não ter estrangulado essa bruta quando ela estava próxima de mim.

Perguntei:

– Assim sendo, quem é o pai?

Ele respondeu:

– Não se sabe. Ele tem (ou eles têm) certo pudor. Esconde-se (ou escondem-se). Talvez dividam os proveitos.

Eu não pensava mais nessa remota aventura quando avistei, em uma praia que está em voga, uma mulher elegante, encantadora, coquete, amada, rodeada por homens que a admiram.

Pela orla eu seguia de braço dado com um amigo, o médico da estação de banhos. Dez minutos depois, avistei uma criada que vigiava três crianças que rolavam na areia.

Um par de pequenas muletas jazia no chão, e comoveu-me. Logo me dei conta de que aqueles três pequenos seres eram disformes, corcundas, recurvados e hediondos.

O doutor disse-me:

– São os frutos da encantadora mulher que você acaba de avistar.

Uma profunda piedade por ela e por eles invadiu-me a alma. Exclamei:

– Oh, pobre mãe! Como ela ainda é capaz de rir?

Meu amigo prosseguiu:

– Não tenha pena dela, meu caro. É preciso compadecer-se dos pobres pequenos. Eis os resultados das cinturas que se mantêm finas até o último dia. Esses monstros são fabricados pelo corpete. Ela está bem ciente de que arrisca sua vida nesse jogo. Mas o que isso lhe importa, contanto que seja bela e amada?

E lembrei-me da outra, a campônia, "a Diabo", que vendia essas monstruosidades.

A MORTA[1]

EU A AMARA LOUCAMENTE! Por que amamos? Acaso não é bizarro ver no mundo apenas um ser, ter no espírito apenas um pensamento, no coração apenas um desejo, e na boca apenas um nome – um nome que jorra incessantemente, que jorra, como a água de uma fonte, das profundezas da alma, que jorra dos lábios, e que pronunciamos, que tornamos a pronunciar, que murmuramos sem cessar, em toda parte, assim como uma prece?

Não contarei nossa história; o amor só tem uma – sempre a mesma. Eu a encontrara e amara. Eis tudo. E vivera durante um ano em sua ternura, em seus braços, em sua meiguice, em seu olhar, em seus vestidos, em sua fala, envolvido, ligado, aprisionado por tudo o que vinha dela, e de maneira tão completa que não sabia mais se era dia ou noite, se estava morto ou vivo, na velha terra ou alhures.

E eis que ela morreu. Como? Não sei – não sei mais.

Ela regressou molhada, em uma noite chuvosa, e, no dia seguinte, tossia. Ela tossiu durante cerca de uma semana e ficou acamada.

---

[1] *La Morte* (primeira publicação: 1887). Traduzido a partir do texto estabelecido e anotado por Louis Forestier. Cf. MAUPASSANT, Guy de. *Contes et nouvelles*. t.II. Les contes et nouvelles de Maupassant publiés entre avril 1884 et 1893. Texte établi et annoté par Louis Forestier. Paris: Gallimard, 1979, coll. "La Bibliothèque de la Pléiade", p.939-43. [N. T.]

O que se passou? Não sei mais.

Os médicos vinham, anotavam, iam embora. Traziam remédios; uma mulher fazia que ela os tomasse. Suas mãos estavam quentes; sua fronte, ardente e úmida; seu olhar, brilhante e triste. Eu falava com ela; ela me respondia. O que dissemos um ao outro? Não sei mais. Esqueci tudo, tudo, tudo! Ela morreu; recordo-me muito bem de seu breve suspiro, seu breve suspiro tão fraco – o último. A cuidadora disse: "Ah!". Entendi, entendi!

Não soube de mais nada. Nada. Vi um padre que pronunciou estas palavras: "Seu amante". Pareceu-me que a insultava. Uma vez que ela estava morta, não tínhamos mais o direito de saber isso. Enxotei-o. Veio outro que foi muito amável, muito doce. Chorei quando ele me falou sobre ela.

Consultaram-me sobre mil coisas acerca do enterro. Não sei mais. Entretanto, recordo-me muito bem do caixão, o ruído das marteladas quando a encerraram. Ah! Meu Deus!

Ela foi enterrada! Enterrada! Ela! Nesse buraco! Algumas pessoas tinham vindo – amigos. Escapei. Corri. Caminhei durante horas pelas ruas. Depois voltei para minha casa. No dia seguinte, parti em viagem.

Ontem, regressei a Paris.

Quando revi meu quarto, nosso quarto, nossa cama, nossos móveis, toda essa casa onde restara tudo o que resta da vida de um ser depois de sua morte, fui apanhado por um rebote de tristeza tão violento que faltou pouco para que eu abrisse a janela e me jogasse na rua. Como não podia mais permanecer entre essas coisas, essas paredes que a haviam encerrado, abrigado, e que, em suas imperceptíveis fissuras, deviam conservar mil átomos dela, de sua carne e de seu sopro, peguei meu chapéu, a fim de escapar. De repente, no momento em que ia alcançar a porta, passei em frente ao grande espelho do vestíbulo que ela havia mandado pôr ali para olhar-se de corpo inteiro, todo dia, ao sair, para conferir se todo o seu vestuário combinava, se estava adequado e bonito, das botinas ao penteado.

E parei bruscamente em frente a esse espelho que a refletira tantas vezes. Tantas vezes, tantas vezes que devia ter conservado também sua imagem. Eu estava ali, em pé, tremendo, os olhos fixados no vidro, no vidro liso, profundo, vazio, mas que a contivera inteiramente, que a possuíra tanto quanto eu, tanto quanto meu olhar apaixonado. Pareceu-me que eu amava essa superfície refletora – toquei nela – estava fria! Oh! A lembrança! A lembrança – espelho doloroso, espelho ardente, espelho vivente, espelho horrível, que faz que se padeça todos os suplícios! Felizes são os homens cujo coração esquece, como um espelho onde escorregam e se apagam os reflexos, tudo o que ele conteve, tudo o que passou defronte dele, tudo o que se contemplou, mirou, em seu afeto, em seu amor! Como sofro!

Saí e, contra minha própria vontade, sem saber, sem querer, fui em direção ao cemitério. Encontrei sua tumba simplíssima – uma cruz de mármore, com estas poucas palavras: "Ela amou, foi amada e morreu".

Ela estava lá, lá embaixo, apodrecida! Que horror! Eu soluçava – a fronte encostada no chão.

Fiquei ali por muito tempo, muito tempo. Depois me apercebi de que a noite chegava. Então, um desejo bizarro, louco, um desejo de amante desesperado apoderou-se de mim. Desejei passar a noite perto dela – a última noite –, chorando sobre sua sepultura. Mas alguém me veria, alguém me expulsaria. Como pôr esse plano em prática? Fui astuto. Levantei-me e pus-me a vaguear nessa cidade dos desaparecidos. Seguia, seguia. Como é pequena esta cidade, em comparação com a outra, aquela em que se vive! E, no entanto, como são mais numerosos do que os vivos, estes mortos. Precisamos de altas casas, ruas, tanto espaço para as quatro gerações que observam o dia ao mesmo tempo, bebem a água das fontes, o vinho das vinhas e comem o pão das planícies.

E para todas as gerações dos mortos, para toda a sucessão da humanidade morta até nós, quase nada, um campo, quase nada! A terra os retoma, o esquecimento os apaga. Adeus!

No limite do cemitério habitado, de repente notei o outro, abandonado, aquele onde os antigos defuntos terminam de se misturar ao solo, onde as próprias cruzes apodrecem, onde amanhã depositarão os últimos a chegar. Ele é repleto de rosas silvestres, de ciprestes vigorosos e negros – um jardim triste e soberbo, nutrido de carne humana.

Eu estava só, bem só. Encolhi-me sob uma árvore viçosa. Escondi-me por inteiro ali, entre aqueles galhos grossos e escuros.

E aguardei, agarrado ao tronco como um náufrago a um destroço.

Quando a noite tornou-se escura, muito escura, abandonei meu refúgio e pus-me a andar devagar, a passos lentos, com passos silenciosos, nessa terra repleta de mortos.

Vagueei durante muito tempo, muito tempo, muito tempo. Não a reencontrava. Com os braços estendidos, os olhos abertos, dando encontrões nas tumbas com minhas mãos, com os pés, com os joelhos, com o peito, até com minha cabeça, seguia sem encontrá-la. Tocava, tateava como um cego que procura guiar-se, apalpava pedras, cruzes, grades de ferro, coroas de vidro, coroas de flores murchas! Lia os nomes com meus dedos, ao passeá-los pelas letras. Que noite! Que noite! Não a reencontrava!

Não havia lua! Que noite! Sentia medo, um medo terrível nessas estreitas sendas entre duas fileiras de tumbas! Tumbas! Tumbas! Tumbas! Sempre tumbas! À direita, à esquerda, à minha frente, à minha volta, tumbas por toda parte! Sentei-me sobre uma delas, pois não conseguia mais caminhar, de tanto que meus joelhos vergavam. Ouvia meu coração bater! E ouvia outra coisa também! O quê? Um confuso ruído inominável! Acaso esse ruído encontrava-se em meu espírito apavorado, na noite impenetrável, ou sob a terra misteriosa, sob a terra semeada de cadáveres humanos? Olhava à minha volta!

Quanto tempo permaneci lá? Não sei. Estava paralisado pelo terror, estava aturdido de pavor, pronto para urrar, pronto para morrer.

E, de repente, pareceu-me que a laje de mármore sobre a qual eu estava sentado se mexia. Decerto ela se mexia, como se a tivessem erguido. Em um pulo joguei-me sobre a tumba vizinha e vi... Sim, vi erguer-se totalmente a lápide de onde acabara de saltar; e o morto apareceu, um esqueleto nu, que, com suas costas curvas, a removia. Eu via, eu via muito bem, ainda que a noite fosse profunda. Sobre a cruz, pude ler:

"Aqui repousa Jacques Olivant, falecido aos 51 anos. Ele amava os seus, foi honesto e bom, e morreu na paz do Senhor."

Nesse momento, o morto também lia os dizeres gravados sobre seu túmulo. Em seguida, recolheu uma pedra no caminho, uma pequena pedra pontiaguda, e começou a riscar com cuidado esses dizeres. Rasurou-os totalmente, lentamente, observando com seus olhos ocos o lugar onde, havia pouco, estavam gravados; e, com a ponta do osso que havia sido seu indicador, escreveu, em letras luminosas, como essas linhas que se traçam nos muros com a cabeça de um fósforo:

"Aqui repousa Jacques Olivant, falecido aos 51 anos. Por causa de suas rudezas, apressou a morte de seu pai, cuja herança desejava; torturou sua mulher, atormentou seus filhos, enganou seus vizinhos, roubou quando pôde e morreu miserável."

Quando havia acabado de escrever, o morto, imóvel, contemplou sua obra. E ao virar-me, dei-me conta de que todas as tumbas estavam abertas, todos os cadáveres haviam saído delas, todos haviam rasurado as mentiras inscritas pelos familiares na pedra funerária, para nela restabelecer a verdade.

E percebia que todos haviam sido os carrascos de seus próximos, odiosos, desonestos, hipócritas, mentirosos, trapaceiros, caluniadores, invejosos, que haviam roubado, enganado, executado todas as ações vergonhosas, todas as ações abomináveis, esses bons pais, essas esposas fiéis, esses filhos dedicados, essas jovens castas, esses comerciantes probos, esses homens e essas mulheres ditos irrepreensíveis.

Todos eles escreviam ao mesmo tempo, sobre a entrada de sua morada eterna, a cruel, terrível e santa verdade que todo mundo ignora ou finge ignorar na terra.

Imaginei que *ela* também devia tê-la inscrito em sua tumba. E agora sem medo, correndo em meio aos caixões entreabertos, em meio aos cadáveres, em meio aos esqueletos, segui na direção dela, certo de que a encontraria imediatamente.

Reconheci-a de longe, sem ver o rosto envolto na mortalha.

E na cruz de mármore onde havia pouco eu lera:

"Ela amou, foi amada e morreu."

Avistei:

"Um dia, ao sair para trair seu amado, resfriou-se na chuva e morreu."

Parece que, ao amanhecer, recolheram-me, inanimado, ao pé de uma tumba.

MISS HARRIET[1]

Para a senhora...

ÉRAMOS SETE DENTRO DO BREQUE: quatro mulheres e três homens, um dos quais vinha no assento ao lado do cocheiro, e subíamos, ao passo dos cavalos, a grande encosta, na qual a estrada serpenteava.

Dado que havíamos partido de Étretat, logo na aurora, para visitar as ruínas de Tancarville, ainda dormitávamos, entorpecidos no ar fresco da manhã. As mulheres, sobretudo, pouco acostumadas a esses despertares de caçadores, o tempo todo deixavam cair as pálpebras, cabeceavam ou bocejavam, insensíveis à emoção do amanhecer.

Era outono. Dos dois lados da estrada, os campos descobertos estendiam-se, amarelecidos pelos rasteiros avenais e pelos trigos ceifados que cobriam o solo como uma barba por fazer. A terra enevoada parecia fumar. Cotovias cantavam em pleno voo, outros pássaros piavam nos arbustos.

---

1 *Miss Harriet* (primeira publicação: 1883). Traduzido a partir do texto estabelecido e anotado por Louis Forestier. Cf. MAUPASSANT, Guy de. *Contes et nouvelles*. t.I. Les contes et nouvelles de Maupassant publiés entre 1875 et mars 1884. Préface d'Armand Lanoux; introduction de Louis Forestier. Texte établi et annoté par Louis Forestier. Paris: Gallimard, 1974, coll. "La Bibliothèque de la Pléiade", p.876-95. [N. T.]

O sol enfim despontou diante de nós, todo vermelho, no limite do horizonte; e, à medida que ele se erguia, a cada minuto mais claro, o campo parecia despertar, sorrir, espreguiçar-se e tirar – como uma moça que sai da cama – sua camisola de vapores brancos.

O conde de Étraille, sentado ao lado do cocheiro, gritou: "Uma lebre!", e estendeu o braço para a esquerda, apontando um campo de trevo. O animal esgueirava-se, quase escondido por esse campo, mostrando somente suas grandes orelhas; depois escapuliu por um caminho sulcado, parou, tornou a fugir em uma corrida insana, mudou de direção, parou de novo, inquieto, espreitando todo perigo, indeciso sobre o caminho a seguir; depois recomeçou a correr com grandes saltos impulsionados pelas patas traseiras e desapareceu em um largo canteiro de beterrabas. Todos os homens despertaram, seguindo o passo do animal.

René Lemanoir afirmou:

– Não estamos galantes nesta manhã – e, observando sua vizinha, a pequena baronesa de Sérennes, que lutava contra o sono, disse-lhe a meia-voz: – Pense no seu marido, baronesa. Tranquilize-se, ele só volta no sábado. A senhora tem ainda quatro dias.

Ela respondeu com um sorriso sonolento:

– Como é bobo! – Em seguida, sacudindo seu torpor, acrescentou: – Então, conte-nos algo para nos fazer rir. O senhor, sr. Chenal, que parece ter tido mais sucessos do que o duque de Richelieu, conte uma história de amor que lhe tenha acontecido, aquela que quiser.

Léon Chenal, um velho pintor que havia sido muito bonito, muito forte, muito orgulhoso de seu físico e muito amado, segurou sua longa barba branca e sorriu; em seguida, depois de alguns momentos de reflexão, ficou sério de repente.

– Isso não será divertido, senhoras; contar-lhes-ei sobre o mais lamentável amor de minha vida. Desejo que meus amigos não inspirem amor semelhante.

I

Eu tinha então 25 anos e prestava-me a aprendiz de pintor ao longo das encostas normandas.

Chamo de "prestar-se a aprendiz de pintor" a essa vadiagem com sacola nas costas, de albergue em albergue, a pretexto de estudos e de observar as paisagens na própria natureza. Não conheço nada melhor do que essa vida errante, à toa – somos livres, sem entraves de espécie alguma, sem inquietações, sem preocupações, sem sequer pensar no amanhã. Seguimos o caminho que nos apraz, sem outro guia além de nossa fantasia, sem outro conselheiro a não ser o prazer da vista. Fazemos uma parada porque um riacho nos seduziu, porque cheiravam bem as batatas fritas em frente à porta de um estalajadeiro. Às vezes, é um perfume de clêmatis que decidiu nossa escolha, ou a olhadela ingênua de uma atendente de albergue. Não desprezem essas rústicas ternuras. Elas têm uma alma e sentidos também, essas garotas; e bochechas firmes e lábios frescos; e seu beijo ardente é intenso e delicioso como um fruto silvestre. O amor sempre tem valor, de onde quer que ele venha. Um coração que bate quando alguém aparece, um olho que chora quando parte são coisas tão raras, tão doces, tão preciosas que jamais se deve desprezá-las.

Experimentei os encontros nos regos cheios de prímulas, atrás do estábulo onde dormem as vacas e sobre a palha dos celeiros ainda mornos pelo calor do dia. Tenho recordações de grosso tecido cinza sobre carnes elásticas e ásperas, e nostalgias de ingênuas e francas carícias, mais delicadas em sua rudeza sincera do que os sutis prazeres obtidos de mulheres encantadoras e distintas.

Porém, aquilo de que mais gostamos nessas andanças ao acaso são o campo, os bosques, os alvoreceres, os crepúsculos, os luares – são, para os pintores, viagens de núpcias com a terra. Estamos sozinhos, a uma pequena distância dela, nesse longo encontro tranquilo. Deitamo-nos em uma pradaria, em meio às margaridas e papoulas, e, com os olhos abertos, sob um claro sol poente, avistamos a pequena aldeia com seu campanário pontiagudo que soa meio-dia.

Sentamo-nos à beira de uma nascente que brota ao pé de um carvalho, em meio a uma cabeleira de ervas delicadas, altas, exuberantes. Ajoelhamo-nos, debruçamo-nos, bebemos essa água fresca e cristalina que molha nosso bigode e o nariz, bebemo-la com um prazer físico, como se beijássemos a nascente, lábio a lábio. Por vezes, ao longo desses estreitos afluentes, quando encontramos uma lagoa, mergulhamos nela, inteiramente nus, e sentimos sobre nossa pele, da cabeça aos pés, como que um afago gelado e delicioso, o murmúrio da corrente viva e ligeira.

Ficamos alegres no alto da colina, melancólicos à beira dos charcos, exaltados quando o sol desaparece em um mar de nuvens ensanguentadas e lança nos rios reflexos avermelhados. E à noite, sob a lua que passa no fundo do céu, pensamos em mil coisas excêntricas que não nos ocorreriam sob a ardente claridade do dia.

Então, errando assim por este mesmo país onde estamos neste ano, uma noite cheguei ao vilarejo de Bénouville, sobre a falésia, entre Yport e Étretat. Vinha de Fécamp, seguindo a encosta, a alta encosta, reta como uma muralha, com suas saliências de rochedos gredosos descendo a pique no mar. Andara desde a manhã nessa grama rasteira, delicada e macia como um tapete, que cresce à beira do abismo sob o vento salgado do mar largo. E, cantando a plenos pulmões, seguindo a passos largos, ora observando a lenta e convexa passagem de uma gaivota acariciando sobre o céu azul a curva branca de suas asas, ora observando, no mar verde, a vela marrom de um barco de pesca, passara um dia feliz de indolência e liberdade.

Indicaram-me uma chácara onde hospedavam viajantes – espécie de albergue mantido por uma camponesa no meio de um pátio normando, cercado de uma dupla fileira de faias.

Deixando a falésia, cheguei ao lugarejo encerrado em suas grandes árvores e apresentei-me na casa da sra. Lecacheur.

Era uma velha camponesa, encarquilhada, severa, que sempre parecia receber os clientes a contragosto, com uma espécie de desconfiança.

Estávamos em maio; as macieiras desabrochadas cobriam o pátio com um telhado de flores perfumadas, espalhavam incessantemente uma chuva rodopiante de folíolos rosados que caíam de modo contínuo sobre as pessoas e a grama.

Perguntei:

– Então, sra. Lecacheur, tem um quarto para mim?

Surpresa de ver que eu sabia seu nome, respondeu:

– Depende, estão todos ocupados. Em todo caso, poderíamos ver.

Em cinco minutos, chegamos a um acordo, e deixei minha bolsa no chão de terra de um quarto rústico, mobiliado com uma cama, duas cadeiras, uma mesa e uma tina. O cômodo dava na cozinha, grande, fumegante, onde os pensionistas faziam suas refeições com as pessoas da fazenda e a patroa, que era viúva.

Lavei as mãos, depois tornei a sair. A velha preparava um fricassê de frango para o jantar, em sua ampla chaminé onde pendurava a cremalheira escura de fumaça.

– Então a senhora tem viajantes neste momento? – disse-lhe.

Ela respondeu, com seu ar descontente:

– Tenho uma senhora, uma inglesa de idade. Ela ocupa o outro quarto.

Consegui, mediante um aumento de cinco soldos por dia, o direito de comer sozinho no pátio, quando o tempo estivesse bom.

Então puseram minha mesa em frente à porta, e comecei a destrinchar com os dentes os membros magros da galinha normanda, bebendo cidra clara e mastigando um grande pão branco, feito havia quatro dias, mas excelente.

De repente, a cerca de madeira que dava na estrada se abriu e uma estranha pessoa dirigiu-se para a casa. Ela era muito magra, muito alta, tão apertada em um xale escocês com xadrezes avermelhados que se poderia acreditar que ela não tinha braços, se não desse para ver uma longa mão descoberta na altura dos quadris, segurando uma sombrinha branca de turista. Seu semblante de múmia, emoldurado por caracóis de cabelos grisalhos enrolados, que saltitavam a cada um de seus passos, fez-me pensar, não sei por quê, em um arenque defumado que teria usado papeizinhos para frisar mechas. Ela passou por mim rapidamente, baixando os olhos, e meteu-se na cabana.

Essa aparição extraordinária me animou; seguramente era minha vizinha, a inglesa de idade sobre a qual falara nossa hospedeira. Não a revi naquele dia. No dia seguinte, como havia me instalado para pintar no fundo desse valezinho encantador que conheceis e que se estende até Étretat, percebi, ao levantar os olhos repentinamente, alguma coisa extraordinária, plantada na crista do outeiro: dir-se-ia um mastro empavesado. Era ela. Ao ver-me, ela desapareceu.

Voltei ao meio-dia para almoçar e sentei-me à mesa comum, a fim de apresentar-me a essa velha original. Mas ela não correspondeu às minhas gentilezas, insensível até aos meus pequenos cuidados. Servia-lhe água com assiduidade, passava-lhe os pratos com diligência. Um leve movimento de cabeça, quase imperceptível, e uma palavra inglesa, murmurada tão baixo que eu não a entendia, eram seus únicos agradecimentos.

Parei de ocupar-me dela, embora ela inquietasse meu espírito.

Depois de três dias, eu sabia sobre ela tanto quanto a própria sra. Lecacheur.

Ela se chamava Miss Harriet. Procurando uma aldeia afastada para passar o verão, detivera-se em Bénouville havia seis semanas, e de lá não parecia disposta a ir embora. Ela jamais falava à mesa, comia depressa, enquanto lia um livrinho de doutrina protestante. Ela distribuía esses livros a todos. O próprio pároco recebera quatro deles, trazidos por um garoto, mediante dois soldos de comissão. Por vezes, ela dizia à nossa hospedeira, de súbito, sem que nada preparasse esta declaração:

– *Eu amado* o Senhor mais do que tudo; *eu o admirado* em toda a sua criação, *eu o adorado* em toda a sua natureza, *eu o trazido* sempre em meu coração.

E, no mesmo instante, entregava à camponesa atônita uma de suas brochuras destinadas a converter o universo.

Na aldeia, não gostavam dela. Uma vez que o professor havia declarado: "É uma ateia", uma espécie de reprovação pesava sobre ela. O pároco, consultado pela sra. Lecacheur, respondeu:

– É uma herege, mas Deus não deseja a morte do pecador, e creio que ela seja uma pessoa de moral irrepreensível.

Esse binômio "ateu-herege", cuja significação precisa desconheciam, lançava dúvidas nos espíritos. Outrossim, supunham que a inglesa era rica e que passara a vida viajando por todos os países do mundo, pois sua família a expulsara. Por que sua família a expulsara? Por causa de sua impiedade, naturalmente.

Era, em verdade, uma daquelas exaltadas por princípios, uma daquelas puritanas obstinadas que a Inglaterra tanto produz, uma daquelas honradas solteironas insuportáveis que obsedam todas as mesas de hospedaria da Europa, corrompem a Itália, envenenam a Suíça, tornam inabitáveis as cidades encantadoras do Mediterrâneo, levam a toda parte suas manias bizarras, suas maneiras de vestais petrificadas, suas toaletes indescritíveis e certo odor de borracha que faria acreditar que as enfiam, à noite, em um estojo.

Quando eu avistava uma delas em um hotel, fugia como os pássaros que veem um espantalho em um campo.

Aquela, todavia, parecia-me tão extraordinária que não me desagradava.

A sra. Lecacheur, hostil por instinto a tudo o que não era rústico, sentia em seu espírito limitado uma espécie de ódio pelos ares extáticos da solteirona. Ela havia encontrado um termo para qualificá-la, seguramente um termo desdenhoso, vindo não sei como aos lábios dela, invocado por meio de não sei qual confusa e misteriosa criação de espírito. Ela dizia:

– É uma demoníaca.

E essa palavra, aplicada a esse ser austero e sentimental, parecia-me de uma irresistível comicidade. Eu mesmo não a chamava mais por outro nome a não ser "a demoníaca", experimentando um estranho prazer em pronunciar essas sílabas, em voz alta, ao avistá-la.

Perguntava à sra. Lecacheur:

– Então, o que está fazendo nossa demoníaca hoje?

E, com um ar escandalizado, a camponesa respondia:

– Acreditaria, senhor, se dissesse *quela* recolheu um sapo cuja pata fora esmagada e *quela* o levou ao seu quarto, e *quela* o enfiou em sua tina e *quela* fez um curativo nele, como o faria em uma pessoa? Se isso não é uma profanação!

Outra vez, passeando ao pé da falésia, ela havia comprado um grande peixe que acabara de ser pescado, somente para devolvê-lo ao mar. E o marinheiro, embora muito bem pago, a injuriara muito, mais exasperado do que se ela tivesse roubado o dinheiro de seu bolso. Depois de um mês, ele ainda não podia falar disso sem ficar furioso e sem gritar ultrajes. Ah, sim! Miss Harriet era mesmo uma demoníaca; dona Lecacheur tivera uma inspiração genial ao batizá-la assim.

O palafreneiro, que chamavam de Sapador – pois quando jovem servira no Exército na África –, sustentava outras opiniões. Com um ar malicioso, ele dizia:

– Essa velha já aproveitou seu tempo.

Se a pobre donzela soubesse...

A criadinha Celeste não a servia de boa vontade, sem que eu tivesse podido compreender por quê. Talvez apenas porque ela fosse estrangeira, de outra raça, falasse outra língua e tivesse outra religião. Afinal, era uma demoníaca!

Ela passava seu tempo errando pelo campo, buscando e adorando a Deus na natureza. Certo entardecer, encontrei-a ajoelhada em uma moita. Tendo percebido alguma coisa vermelha através das folhas, afastei os galhos, e Miss Harriet ergueu-se, confusa por ter sido vista assim, fixando-me com olhos assustados como aqueles dos corujões surpreendidos em pleno dia.

Por vezes, quando eu estava trabalhando nos rochedos, subitamente a entrevia à beira da falésia, como uma bandeira de semáforo. Ela observava apaixonadamente o vasto mar dourado de luz e o amplo céu corado de fogo. Por vezes, eu a distinguia no fundo de um valezinho, caminhando rápido, com seu passo elástico de inglesa; e seguia em sua direção, atraído por não sei o quê, apenas para ver seu rosto de iluminada, seu rosto seco, indizível, contente de um júbilo interior e profundo.

Amiúde também a encontrava no recanto de uma chácara, sentada na grama, à sombra de uma macieira, com seu livrinho bíblico aberto sobre os joelhos e o olhar vagueando ao longe.

Pois eu não ia mais embora, ligado a esse país calmo com mil laços de amor por suas amplas e agradáveis paisagens. Eu estava bem nessa chácara ignota, longe de tudo, perto da terra, da boa, salutar, bela e verde terra que um dia nós mesmos adubaremos com nosso corpo. E talvez, é preciso confessá-lo, um pouco de curiosidade também me retinha na casa da sra. Lecacheur. Teria desejado conhecer um pouco essa estranha Miss Harriet e saber o que se passa nas almas solitárias dessas velhas inglesas errantes.

II

Estabelecemos contato de maneira bastante inusitada. Eu acabara de concluir um estudo que me parecia audacioso, e realmente era. Quinze anos mais tarde, ele foi vendido por 10 mil francos. Aliás, era simplíssimo, e estava distante das regras acadêmicas. Em todo o lado direito da minha tela estava representada uma rocha, uma enorme rocha encarquilhada, coberta de sargaços marrons, amarelos e vermelhos, sobre os quais o sol se esparramava como óleo. A luz, sem que se pudesse ver o astro escondido atrás de mim, irradiava sobre a pedra e a dourava de fogo. Era isso. Um primeiro plano com uma claridade deslumbrante, rúbea, magnífica.

À esquerda, o mar; não o mar azul, o mar cor de ardósia, mas o mar cor de jade, esverdeado, leitoso e também denso sob o céu profundo.

Estava tão contente com meu trabalho que eu dançava ao levá-lo para o albergue. Teria gostado que o mundo inteiro o visse naquele instante. Lembro-me de que o mostrei a uma vaca à beira do atalho, gritando-lhe:

– Olhe isso, minha cara: não verás com frequência trabalhos semelhantes.

Ao chegar diante da casa, logo chamei a sra. Lecacheur, berrando a plenos pulmões:

– Olá! Olá, patroa! Vinde e observai isso.

A camponesa chegou e examinou minha obra com seu olhar estúpido que não distinguia nada, que nem sequer percebia se aquilo representava um boi ou uma casa.

Miss Harriet regressava, e passava atrás de mim bem no momento em que, segurando minha tela com os braços esticados, eu a exibia à estalajadeira. A demoníaca não pôde deixar de vê-la, pois eu tomava o cuidado de apresentar a coisa de modo que não escapasse a seu olhar. Ela se deteve no mesmo instante, admirada, estupefata. Parecia-lhe que era sua rocha, aquela na qual subia para devanear à vontade.

Ela murmurou um "oh!" britânico tão acentuado e tão lisonjeiro que me voltei em sua direção sorrindo; e disse-lhe:

– É meu último estudo, senhorita.

Ela murmurou, extasiada, divertida e enternecedora:

– Oh! Senhor, *vós compreende o* natureza de uma maneira palpitante.

Enrubesci – por minha fé! –, mais emocionado com esse elogio do que se ele tivesse vindo de uma rainha. Estava seduzido, conquistado, vencido. Eu a teria beijado, palavra de honra!

Sentei-me à mesa junto dela, como sempre. Pela primeira vez, ela falou, continuando em voz alta seu pensamento:

– Oh! *Eu amar* tanto *o* natureza!

Ofereci-lhe pão, água, vinho. Agora ela aceitava com um ligeiro sorriso de múmia. E comecei a falar sobre a paisagem.

Depois da refeição, como nos levantamos ao mesmo tempo, pusemo-nos a caminhar pelo pátio; em seguida, atraído, sem dúvida, pelo clarão formidável que o sol poente fulgurava no mar, abri a cerca que dava na falésia e eis que seguimos, ombro a ombro, contentes como duas pessoas que acabam de se entender e de se descobrir mutuamente.

Era um fim de tarde tépido, agradável, um daqueles poentes de contentamento em que a carne e o espírito encontram-se felizes. Tudo é deleite e encantamento. O ar tépido, perfumado, pleno de aromas de ervas e algas, deleita o olfato com seu perfume selvagem, deleita o paladar com seu sabor marinho, deleita o espírito com sua doçura penetrante. Seguíamos nesse momento pela beira do abismo, acima do vasto mar que, a cem metros abaixo de nós, agitava suas marolas. E absorvíamos, com a boca aberta e o peito dilatado, aquela brisa fresca que atravessara o oceano e que resvalava em nós, lânguida e salgada pelo longo beijo das vagas.

Apertada em seu xale quadriculado, o semblante inspirado, os lábios entreabertos, a inglesa observava o imenso sol inclinar-se em direção ao mar. À nossa frente, lá longe, lá longe, no limite da vista, uma embarcação com três mastros coberta de velas desenhava sua silhueta no céu rúbeo, e um navio a vapor, mais próximo, passava descortinando sua fumaça, que deixava atrás dele uma nuvem interminável cruzando todo o horizonte.

O globo vermelho ainda descia, lentamente. E logo tocou a água, bem atrás do navio imóvel que apareceu, como que em uma moldura de fogo, no meio do astro brilhante. Ele afundava pouco a pouco, devorado pelo oceano. Nós o observávamos mergulhar, diminuir, desaparecer. Terminara. Só a pequena embarcação ainda mostrava seu perfil recortado sobre o fundo dourado do céu longínquo.

Com um olhar apaixonado, Miss Harriet contemplava o fim esplendoroso do dia. E decerto ela tinha uma vontade desmedida de abraçar o céu, o mar, todo o horizonte.

Ela murmurou:

– Oh! *Eu amar... Eu amar... Eu amar...*

Vi uma lágrima em seu olho. Ela prosseguiu:

– *Eu gostar* de ser *uma* passarinho para voar no firmamento.

E permanecia em pé, como eu a vira amiúde, plantada na falésia, igualmente corada em seu xale cor púrpura. Tive vontade de esboçá-la em meu caderno. Dir-se-ia a caricatura do êxtase.

Virei-me para não sorrir.

Em seguida, falei-lhe de pintura, como o teria feito a um camarada, sublinhando com termos do ofício os tons, os valores, as intensidades. Ela me ouvia com atenção, compreendendo, procurando adivinhar o sentido obscuro dos termos e adentrar em meu pensamento. De tempo em tempo, ela declarava:

– Oh! *Eu entender, eu entender. Ser* muito palpitante.

Regressamos.

No dia seguinte, ao avistar-me, prontamente veio estender-me a mão. E ficamos amigos no mesmo instante.

Era uma intrépida criatura que tinha uma espécie de alma elástica, lançando-se aos saltos nos momentos de entusiasmo. Era desprovida de equilíbrio, como todas as mulheres que permaneceram solteiras aos 50 anos. Ela parecia conservada em uma inocência amarga; mas guardara em seu coração algo muito jovial, ardente. Amava a natureza e os animais com amor exaltado, fermentado como uma bebida demasiado velha, com o amor sensual que não dera aos homens.

Certo é que a visão de uma cadela aleitando, a de uma égua correndo em um prado com seu potro nas pernas e a de um ninho de pássaro cheio de filhotes piando, com o bico aberto, a cabeça enorme, o corpo ainda sem penas, faziam-na palpitar com uma emoção exagerada.

Pobres seres solitários, errantes e tristes das mesas de hospedaria, pobres seres ridículos e lamentáveis, eu os amo desde que conheci aquele!

Logo percebi que ela tinha algo a me dizer, mas não ousava, e divertia-me com sua timidez. Quando eu partia, de manhã, com minha caixa sobre as costas, ela me acompanhava até o limite da aldeia, muda, visivelmente ansiosa e procurando suas palavras para desabafar. Em seguida, ela me deixava subitamente e partia depressa, com seu passo saltitante.

Um dia, enfim, ela tomou coragem:

– *Eu gostar* de ver como *vos* fazeis *o* pintura? *Querer vós? Eu estar* muito *curioso*.

E ela enrubescia como se tivesse pronunciado palavras extremamente audaciosas.

Levei-a ao fundo do Petit-Val, onde eu começava um grande estudo.

Ela permaneceu atrás de mim, em pé, seguindo todos os meus gestos com uma atenção concentrada.

Depois, quiçá temendo importunar-me, de repente me disse "obrigada" e partiu.

Porém, em pouco tempo, ela se tornou mais familiar e começou a acompanhar-me todo dia, com um visível prazer. Ela trazia seu banco dobrável sob o braço, não deixando que eu o levasse, e sentava-se ao meu lado. Lá permanecia durante horas, imóvel e muda, seguindo com o olhar a ponta de meu pincel em todos os seus movimentos. Quando eu obtinha um efeito preciso e inesperado, com o auxílio de uma espessa camada de tinta aplicada repentinamente com a espátula, ela soltava, contra sua própria vontade, um "oh" de espanto, de júbilo e admiração. Ela tinha um sentimento de terno respeito por minhas telas, de respeito quase religioso por essa reprodução humana de uma parcela da obra divina. Meus estudos pareciam-lhe espécies de imagens de santidade; e às vezes ela me falava de Deus, tentando converter-me.

Oh! Era um tipo estranho esse seu bom Deus, uma espécie de filósofo de aldeia, sem grandes recursos e sem grande poder, pois ela sempre o afigurava consternado com as injustiças cometidas diante de seus olhos – como se não tivesse podido impedi-las.

Aliás, ela estava em excelentes termos com ele, parecendo mesmo confidente de seus segredos e contrariedades. Ela dizia: "Deus quer" ou "Deus não quer" como um sargento que anunciaria ao conscrito que "o coronel ordenou".

Ela deplorava do fundo do coração minha ignorância das intenções celestes que se esforçava por revelar-me; e todo dia eu encontrava em meus bolsos, em meu chapéu, quando o deixava no chão, em minha caixa de tintas, em meus sapatos engraxados em frente à minha porta pela manhã, essas pequenas brochuras de piedade, que, sem dúvida, ela recebia diretamente do Paraíso.

Eu a tratava como a uma velha amiga, com uma franqueza cordial. Mas logo percebi que suas feições haviam mudado um pouco. A princípio, não prestei atenção nisso.

Quando eu trabalhava, no fundo de meu valezinho ou em algum caminho profundo, de repente a via aparecer, chegando com seu passo rápido e ritmado. Subitamente ela se sentava, ofegante, como se tivesse corrido, ou como se alguma emoção profunda a agitasse. Punha-se muito rúbea, daquele rúbeo inglês que nenhum outro povo possui; em seguida, sem motivo, empalidecia, tornava-se cor de terra e parecia prestes a desfalecer. Pouco a pouco, entretanto, eu a via recobrar sua fisionomia habitual, e ela principiava a falar.

Depois, ela parava de repente no meio de uma frase, levantava-se e evadia-se tão rápida e estranhamente que eu procurava saber se havia feito algo que pudesse tê-la desagradado ou ofendido.

Enfim, pensei que fossem essas suas atitudes normais, um pouco modificadas, sem dúvida, por minha causa, no início de nosso vínculo.

Quando ela regressava à chácara, depois de horas de caminhada na encosta varrida pelo vento, seus longos cabelos enrolados em espirais achavam-se muitas vezes desenrolados e pendiam como se sua mola tivesse quebrado. Outrora ela não se preocupava com isso de modo algum e vinha jantar sem cerimônia, assim desgrenhada por sua irmã, a brisa.

Agora ela subia até seu quarto para ajustar o que eu chamava de seus vidros de lamparina; e quando lhe dizia com uma galanteria íntima que sempre a escandalizava: "Hoje está bela como uma estrela, Miss Harriet", um pouco de sangue logo lhe subia às faces, sangue de moça, sangue de 15 anos.

Depois, tornou-se de novo totalmente arisca e deixou de ir ver-me pintar. Pensei: "É uma crise, vai passar". Mas não passava. Agora, quando lhe falava, ela me respondia com uma indiferença afetada ou com uma irritação velada. E ela tinha acessos de rispidez, de impaciência, de nervos. Só a via durante as refeições e nunca nos falávamos. Realmente pensei que a magoara de alguma forma; e perguntei-lhe uma noite:

– Miss Harriet, por que não me acompanha mais como outrora? O que fiz para desagradá-la? Causa-me muita tristeza!

Com um acento enraivecido, totalmente cômico, ela respondeu:

– Eu *estar* sempre com *vos* o mesmo que antes. Isso não *ser* verdadeiro, não *ser* verdadeiro – e correu para trancar-se em seu quarto.

De vez em quando ela me olhava de um jeito estranho. Desde então, amiúde tenho dito a mim mesmo que os condenados à morte devem ter esse olhar quando são informados sobre seu derradeiro dia. Em seu olhar havia uma espécie de loucura, uma loucura mística e violenta; e ainda outra coisa: uma febre, um desejo exasperado, impaciente e impotente do irrealizado e do irrealizável! E parecia-me que nela também havia um combate, no qual seu coração lutava contra uma força desconhecida que ela queria subjugar, e talvez ainda outra coisa... O que sei eu? O que sei eu?

III

Realmente, foi uma revelação extraordinária.

Havia algum tempo, eu trabalhava toda manhã, desde a aurora, em um quadro cujo tema era este:

Um barranco profundo, escarpado, dominado por dois taludes de silveiras e árvores, alongava-se, perdido, submerso nesse vapor leitoso, nesse algodão que, às vezes, flutua sobre os valezinhos na alvorada. E bem no fundo dessa névoa espessa e transparente entrevia-se, ou melhor, adivinhava-se um casal, um rapaz e uma jovem abraçados, enlaçados, ela com a cabeça levantada em direção a ele, ele inclinado para ela, beijando-se.

Um primeiro raio de sol, incidindo sobre os galhos, atravessava essa névoa de aurora, iluminava-a com um reflexo rosado por detrás dos rústicos amantes, filtrava suas vagas sombras em uma claridade prateada. Estava bem-feito – por minha fé! –, muito bem-feito.

Eu trabalhava na descida que leva ao pequeno vale de Étretat. Por sorte, naquela manhã eu tinha a névoa flutuante de que precisava.

Alguma coisa ergueu-se diante de mim, como um fantasma: era Miss Harriet. Vendo-me, ela quis fugir. Todavia, chamei-a, gritando:

– Venha, pois venha, senhorita, tenho um quadrinho para lhe mostrar.

Ela se aproximou, como que de má vontade. Estendi-lhe meu esboço. Ela não disse nada, mas permaneceu muito tempo imóvel a observar, e subitamente se pôs a chorar. Ela chorava com espasmos nervosos, tal como as pessoas que muito lutaram contra as lágrimas e que não conseguem mais, que se abandonam resistindo ainda. Levantei-me de chofre, comovido por essa dor que não compreendia, e segurei suas mãos com um movimento brusco de afeição, um autêntico movimento de francês que age mais rápido do que pensa.

Ela deixou suas mãos entre as minhas por alguns segundos, e senti-as tremer, como se todos os seus nervos tivessem se contorcido. Em seguida, ela retirou-as de modo brusco, ou melhor, arrancou-as.

Reconheci aquela exaltação por já tê-la sentido; e, quanto a isso, nada me enganaria. Ah! A exaltação amorosa de uma mulher, quer ela tenha 15, quer 50 anos, quer seja do povo, quer seja da alta sociedade, toca-me tão diretamente o coração que jamais vacilo em compreendê-la.

Todo o seu pobre ser estremecera, vibrara, desfalecera. Eu o sabia. Ela saiu sem que tivesse dito uma palavra, deixando-me surpreso, como se estivesse diante de um milagre, e consternado, como se tivesse cometido um crime.

Não voltei para almoçar. Fui dar uma volta à beira da falésia, sentindo vontade tanto de chorar como de rir, achando a aventura cômica e deplorável, sentindo-me ridículo e julgando-a infeliz por ficar louca.

Questionava sobre o que devia fazer.

Julguei que só me restava partir, e tomei imediatamente a resolução.

Depois de ter vagabundeado até o jantar, um pouco triste, um pouco devaneador, voltei na hora da refeição.

Sentamo-nos à mesa, como de costume. Miss Harriet estava lá, comia com ar grave, sem falar com ninguém e sem levantar os olhos. Aliás, ela apresentava o mesmo semblante e a mesma expressão de sempre.

Esperei o fim da refeição e, em seguida, voltando-me para a patroa:

– Então, sra. Lecacheur, não tardarei em deixá-los.

A boa mulher, surpresa e entristecida, exclamou com sua voz arrastada:

– *Qué que* está dizendo, meu bom senhor? Vai nos deixar! *Tavamo* tão *acostumado* com vosmecê!

Eu olhava de soslaio para Miss Harriet; seu semblante não estremecera. Mas Celeste, a criadinha, tinha acabado de levantar os olhos em minha direção. Era uma jovem gorda de 18 anos, corada, viçosa, forte como um cavalo e – coisa rara – asseada. Às vezes, eu a beijava pelos cantos, apenas por hábito de frequentador de albergues, nada mais.

E o jantar acabou-se.

Fui fumar meu cachimbo debaixo das macieiras, caminhando para cá e para lá, de uma ponta à outra do pátio. Todas as reflexões a que me entregara no dia, a estranha descoberta da manhã, esse amor grotesco e apaixonado dirigido a mim, lembranças que surgiram depois dessa revelação, lembranças encantadoras e desconcertantes, talvez também esse olhar de criada dirigido a mim na ocasião do anúncio de minha partida, tudo isso embaralhado, combinado, agora me inoculava no corpo um humor folgazão, um formigamento de beijos nos lábios e, nas veias, um não sei quê que incita a fazer bobagens.

A noite chegava, deslizando sua sombra sob as árvores, e avistei Celeste, que ia fechar o galinheiro do outro lado do cercado. Precipitei-me, correndo a passos tão largos que ela não ouviu nada, e, como se levantava, depois de ter abaixado a portinhola pela qual entram e saem as galinhas, agarrei-a com os dois braços, cobrindo de beijos seu rosto grande e rechonchudo. Ela se debatia, assim mesmo rindo, acostumada a isso.

Por que a soltei rapidamente? Por que me virei de chofre? Como percebi alguém atrás de mim?

Era Miss Harriet, que voltava e que nos flagrara, e que permanecia imóvel como se estivesse diante de um espectro. Depois desapareceu na noite.

Regressei envergonhado, perturbado, mais desesperado de ter sido surpreendido por Miss Harriet dessa maneira do que se ela tivesse me encontrado praticando algum ato criminoso.

Dormi mal, excessivamente nervoso, atormentado por pensamentos funestos. Pareceu-me que entreouvira alguém chorando. Estava enganado, sem dúvida. Por várias vezes também pensei que alguém caminhava pela casa e que abria a porta externa.

Quase de manhã, ao ser vencido pela fadiga, o sono finalmente me apanhou. Acordei tarde e só apareci para almoçar, ainda confuso, sem saber como me portar.

Não tinham visto Miss Harriet. Esperaram-na; ela não apareceu. Dona Lecacheur entrou em seu quarto, a inglesa havia partido. Decerto ela devia ter saído já na aurora, como saía amiúde, para ver o sol nascer.

Não nos surpreendemos e pusemo-nos a comer em silêncio.

Fazia calor, muito calor; era um daqueles dias escaldantes e incômodos, nos quais nem sequer uma folha se mexe. Havíamos levado a mesa para fora, dispondo-a sob uma macieira; e, de tempo em tempo, Sapador ia até a cave para encher o jarro com cidra, de tanto que bebíamos. Celeste trazia os pratos da cozinha, um guisado de carneiro com batatas, um coelho *sauté* e uma salada. Depois ela pôs diante de nós um prato de cerejas, as primeiras da estação.

Querendo lavá-las e refrescá-las, pedi à criadinha que fosse tirar para mim um balde de água bem fria.

Ela reapareceu depois de cinco minutos, dizendo que o poço estava seco. Tendo deixado a corda inteira descer, o balde atingira o fundo, depois voltara vazio. Dona Lecacheur quis verificar pessoalmente e foi olhar pela cavidade. Ela voltou anunciando que se podia ver alguma coisa em seu poço, algo que não era normal. Sem dúvida, um vizinho ali jogara feixes de palha, por vingança.

Eu também quis olhar, supondo que conseguiria distinguir melhor, e debrucei-me sobre a borda. Percebi vagamente um objeto branco. Mas o quê? Então tive a ideia de descer uma lamparina na ponta de uma corda. A tênue luz amarelada dançava nas paredes de pedra, afundando pouco a pouco. Estávamos os quatro inclinados sobre a abertura, Sapador e Celeste tendo se juntado a nós. A lamparina parou em cima de uma massa indistinta, branca e preta, estranha, incompreensível. Sapador exclamou:

– É um cavalo. *Tô* vendo o casco. Deve *tê caíd'aí* essa noite, depois de *tê* escapado do prado.

Mas, de repente, estremeci até a medula. Acabava de reconhecer um pé, depois uma perna erguida; o corpo inteiro e a outra perna sumiam sob a água.

Balbuciei em voz tão baixa e tremendo tanto que a lamparina dançava loucamente acima do sapato:

– É uma mulher que... que... que está lá dentro... é Miss Harriet.
Apenas Sapador permaneceu impassível. Ele vira coisas muito piores na África!
Dona Lecacheur e Celeste começaram a soltar gritos lancinantes e fugiram correndo.
Era preciso fazer o resgate da morta. Amarrei com força o criado pela cintura e, em seguida, fi-lo descer com auxílio da roldana, muito lentamente, vendo-o afundar na sombra. Ele segurava a lamparina e outra corda. Logo gritou, com sua voz que parecia vir do centro da terra: "Para aí!"; e eu o vi repescar alguma coisa na água – a outra perna –, em seguida amarrou os dois pés juntos e novamente gritou: "*Vai*".
Fi-lo subir; mas sentia meus braços enfraquecidos, meus músculos frouxos, tinha medo de soltar a corda e deixar o homem cair. Quando sua cabeça apareceu na borda do poço, perguntei:
– E então? – como se esperasse que ele me desse notícias daquela que estava lá no fundo.
Nós dois subimos na pedra da borda e, frente a frente, inclinados sobre a abertura, pusemo-nos a içar o corpo.
Dona Lecacheur e Celeste espreitavam-nos de longe, escondidas atrás do muro da casa. Quando viram, saindo do buraco, os sapatos pretos e as meias brancas da afogada, elas desapareceram.
Sapador agarrou os tornozelos e tiramo-la de lá, a pobre e casta moça, na postura mais imprópria. A cabeça estava medonha, lívida e dilacerada; e seus longos cabelos grisalhos, totalmente soltos, desenrolados para sempre, pendiam encharcados e lodosos. Com um tom de desprezo, Sapador afirmou:
– *Pelo amor! Comé* magra!
Nós a carregamos até o seu quarto e, uma vez que as duas mulheres não reapareciam, fiz sua toalete mortuária junto com o criado da estrebaria.
Lavei sua triste face decomposta. Sob a pressão de meu dedo, um olho se abriu um pouco – olhou-me com aquele olhar pálido, aquele olhar frio, aquele olhar terrível dos cadáveres, que parece vir do avesso da vida. Arrumei da maneira que pude seus cabelos desmanchados e, com minhas mãos inábeis, ajustei sobre sua fronte

um penteado novo e insólito. Em seguida, retirei suas vestes embebidas de água, descobrindo um pouco, com vergonha, como se eu tivesse cometido uma profanação, seus ombros e seu peito e os longos braços finos como galhos.

Depois fui buscar flores – papoulas, centáureas, margaridas e erva fresca e perfumada –, com as quais cobri seu leito fúnebre.

Em seguida, tive de cumprir as formalidades habituais, por estar sozinho ao lado dela. Uma carta encontrada em seu bolso, escrita no último momento, pedia que a enterrassem nessa aldeia onde seus últimos dias haviam transcorrido. Um pensamento terrível apertou-me o coração. Não seria por minha causa que ela queria permanecer nesse lugar?

Por volta do entardecer, as comadres da vizinhança vieram para olhar a defunta, mas impedi que entrassem. Queria ficar sozinho perto dela; e velei a noite inteira.

Eu a observava à luz das velas, a miserável mulher desconhecida por todos, morta tão longe, tão lamentavelmente. Acaso deixara amigos ou parentes em algum lugar? Como havia sido sua infância, sua vida? De onde viera assim, tão sozinha, errante, perdida como um cão expulso de sua casa? Que mistério de sofrimento e desespero estava encerrado nesse corpo desgracioso, nesse corpo carregado durante toda a sua existência como um defeito vergonhoso – invólucro estranho que afastara para longe dela toda afeição e todo amor?

Como há seres infelizes! Sentia pesar sobre essa criatura humana a eterna injustiça da implacável natureza! Estava acabado para ela, talvez sem que jamais tivesse tido o que sustenta os mais desfavorecidos – a esperança de ser amada uma vez! De fato, por que se escondia assim? Por que fugia dos outros? Por que amava com uma ternura tão apaixonada todas as coisas e todos os seres vivos, salvo os homens?

E entendia que aquela lá acreditasse em Deus, e que desejasse que a compensação de sua miséria se encontrasse alhures. Agora ela ia decompor-se e seria a sua vez de se tornar planta. Ela floresceria ao sol, seria pastada pelas vacas, levada em forma de grão pelos pássaros e, ao tornar-se carne dos animais, voltaria a ser carne humana. Mas o que chamamos de alma apagara-se no fundo do poço escuro. Ela não sofria mais. Trocara sua vida por outras vidas que ela faria nascer.

As horas passavam nesse *tête-à-tête* sinistro e silencioso. Uma luz pálida anunciou a aurora; depois um raio vermelho penetrou até a cama, pôs uma listra de fogo sobre os lençóis e sobre as mãos. Era a hora que ela tanto amava. Despertos, os pássaros cantavam nas árvores.

Escancarei a janela, afastei as cortinas para que o céu inteiro nos visse e, debruçando-me sobre o cadáver gelado, tomei em minhas mãos a cabeça desfigurada; em seguida, lentamente, sem terror e sem repulsa, dei um beijo, um longo beijo, naqueles lábios que jamais haviam sido beijados.

Léon Chenal calou-se. As mulheres choravam. De seu assento, ouvíamos o conde d'Étraille assoar o nariz ininterruptamente. Apenas o cocheiro dormitava. E os cavalos, que não sentiam mais o chicote, haviam ralentado sua marcha, seguiam com indolência. E o breque mal avançava, tendo se tornado subitamente pesado, como se tivesse sido carregado de tristeza.

SRTA. FIFI[1]

O MAJOR, COMANDANTE PRUSSIANO, conde de Farlsberg, terminava de ler sua correspondência, reclinado ao fundo de uma grande poltrona de tapeçaria e com as botas sobre o belo mármore da lareira, onde suas esporas, nesses três meses que ocupava o castelo de Uville, haviam traçado dois sulcos profundos, a cada dia um pouco mais escavados.

Uma xícara de café fumegava em um gueridom de marchetaria manchado pelos licores, queimado pelos charutos, entalhado pelo canivete do oficial conquistador que, por vezes, ao parar de apontar um lápis, traçava no gracioso móvel números ou desenhos, ao sabor de seu devaneio indolente.

Quando terminou de ler as cartas e consultou os jornais alemães que seu vagomestre acabara de lhe trazer, ele se levantou e, depois de jogar ao fogo três ou quatro enormes toras de madeira verde – pois, para aquecer-se, esses senhores destruíam pouco a pouco o parque –, aproximou-se da janela.

---

1 *Mademoiselle Fifi* (primeira publicação: 1882). Traduzido a partir do texto estabelecido e anotado por Louis Forestier. Cf. MAUPASSANT, Guy de. *Contes et nouvelles*. t.I. Les contes et nouvelles de Maupassant publiés entre 1875 et mars 1884. Texte établi et annoté par Louis Forestier. Paris: Gallimard, 1974, coll. "La Bibliothèque de la Pléiade", p.385-97. [N. T.]

A chuva caía torrencialmente, uma chuva normanda que se diria ter sido lançada por uma mão furiosa, uma chuva enviesada, espessa como uma cortina, formando uma espécie de muro de traços oblíquos, uma chuva fustigante, arrasadora, inundando tudo, uma verdadeira chuva das cercanias de Rouen, esse bacio da França.

O oficial contemplou por um longo tempo os gramados inundados e, lá longe, o rio Andelle completamente cheio, que transbordava; e ele tamborilava na vidraça uma valsa do Reno, quando um barulho o fez voltar-se: era seu subordinado, o barão de Kelweingstein, que possuía patente equivalente à de capitão.

O major era um gigante, com largos ombros, ornado com uma longa barba flabelada que formava uma toalha sobre seu peito; e toda a sua grande figura solene evocava a ideia de um pavão militar, um pavão que exibisse a cauda aberta em seu queixo. Ele tinha olhos azuis, frios e serenos, uma bochecha rachada por um golpe de sabre na guerra da Áustria; e diziam-no tão bom homem quanto bom oficial.

O capitão, um pequeno rubicundo, com enorme ventre cinturado à força, usava quase rapado seu cabelo rubro, cujos fios de fogo, quando estavam sob certos reflexos, levariam a crer que sua cabeça era fosforejante. Dois dentes perdidos em uma noite de farra, sem que ele se lembrasse ao certo de como isso ocorrera, faziam-no cuspir palavras pastosas que nem sempre eram inteligíveis; e era careca apenas no topo da cabeça, tonsurado como um monge, com uma trunfa de cabelinhos frisados, dourados e reluzentes ao redor desse aro de carne nua.

O comandante apertou-lhe a mão e engoliu de um trago sua xícara de café (a sexta desde a manhã), ao escutar o relatório de seu subordinado sobre os incidentes ocorridos no serviço; depois os dois se aproximaram da janela dizendo que aquilo não era divertido. O major, homem tranquilo, com esposa em sua casa, resignava-se a tudo; mas o barão capitão, pândego contumaz, frequentador de espeluncas, mulherengo desvairado, enraivecia-se por estar confinado havia três meses à castidade obrigatória desse posto isolado.

Como batiam timidamente à porta, o comandante gritou que abrissem, e um homem, um de seus soldados autômatos, surgiu na abertura, anunciando apenas por sua presença que o almoço estava pronto.

Na sala de jantar, encontraram os três oficiais de menor patente: um tenente, Otto de Grossling; dois subtenentes, Fritz Scheunaubourg e o marquês Wilhem d'Eyrik, um loirinho orgulhoso e brutal com os homens, duro com os vencidos e violento como uma arma de fogo.

Desde sua entrada na França, seus camaradas não o chamavam mais por outro nome senão srta. Fifi. Esse apelido vinha de seu porte coquete, de sua cintura fina que parecia comprimida em um espartilho, de seu rosto pálido, no qual o bigode nascente mal aparecia, e também do costume que adotara, a fim de expressar seu soberano desprezo pelos seres e pelas coisas, de empregar o tempo todo a locução francesa – *fi, fi donc*,[2] que ele pronunciava com um leve assobio.

A sala de jantar do castelo de Uville era um amplo e magnífico salão, cujos espelhos de cristal antigo, crivados de buracos de balas, e as grandes tapeçarias de Flandres, talhadas com golpes de sabre e pendentes aqui e acolá, mostravam as ocupações de srta. Fifi em seus momentos de ociosidade.

Nas paredes, três retratos de família: um guerreiro vestido com armadura, um cardeal e um presidente fumavam longos cachimbos de porcelana; ao passo que, em sua moldura desdourada pelos anos, uma nobre dama com o busto apertado exibia, com um ar arrogante, um enorme par de bigodes feitos com carvão.

E o almoço dos oficiais transcorreu quase em silêncio nessa sala mutilada, escurecida pelo aguaceiro, entristecedora por seu aspecto abandonado, e cujo velho parquete de carvalho tornara-se sórdido como um piso de cabaré.

---

2 "Fi, fi, então." "Fi!": interjeição que, em francês, exprime desprezo, desdém ou até mesmo repugnância. [N. T.]

Na hora do tabaco, quando começaram a beber, depois de terem terminado de comer, puseram-se a falar – assim como todos os dias – de seu tédio. As garrafas de conhaque e de licores passavam de mão em mão; e todos, esparramados em suas cadeiras, bebiam em pequenos goles repetidos, mantendo no canto da boca o longo tubo curvado que terminava em bojo de faiança, sempre sarapintado, como que para seduzir os hotentotes.

Assim que seus copos se esvaziavam, tornavam a enchê-los com um gesto de lassidão resignada. Mas srta. Fifi quebrava seu copo o tempo todo, e um soldado imediatamente lhe trazia outro.

Uma névoa de fumaça acre sufocava-os, e pareciam afundar-se em uma embriaguez sonolenta e triste, naquela bebedeira morna das pessoas que não têm o que fazer.

Mas o barão subitamente se endireitou. Uma revolta o sacudia; ele jurou:

– Com os diabos! Isso não pode continuar, afinal é preciso inventar alguma coisa.

Juntos, o tenente Otto e o subtenente Fritz, dois alemães particularmente dotados de fisionomias alemãs severas e graves, responderam:

– O que, meu capitão?

Ele refletiu por alguns segundos, depois prosseguiu:

– O quê? Bem, é preciso organizar uma festa, se o comandante o permitir.

O major pousou seu cachimbo:

– Que festa, capitão?

O barão aproximou-se:

– Encarrego-me de tudo, meu comandante. Enviarei *O Dever* para Rouen, que irá nos trazer mulheres; sei onde arrumá-las. Prepararemos aqui um jantar; aliás, não falta nada e, pelo menos, passaremos uma noite agradável.

O conde de Farlsberg deu de ombros, sorrindo:

– Estais louco, meu amigo.

Porém, todos os oficiais haviam se erguido, rodeavam seu chefe, suplicavam-lhe:

– Deixai o capitão agir, meu comandante, este lugar é tão triste.

Afinal, o major cedeu:

– Seja! – disse ele; e imediatamente o barão mandou chamar *O Dever*. Era um velho oficial subalterno que jamais fora visto sorrindo, mas que cumpria fanaticamente todas as ordens de seus chefes, quaisquer que fossem.

Em pé, com o semblante impassível, recebeu as instruções do barão; em seguida saiu e, cinco minutos depois, coberta com uma lona de moleiro estendida em domo, uma grande carruagem do comboio militar partia sob a chuva persistente, ao galope de quatro cavalos.

Instantaneamente, um *frisson* revigorante pareceu percorrer os espíritos; as poses enlanguescidas endireitaram-se, os rostos animaram-se e puseram-se a conversar.

Embora o aguaceiro continuasse com a mesma força, o major afirmou que estava menos escuro, e o tenente Otto prenunciava com segurança que o céu ia clarear. A própria srta. Fifi não parecia sossegar. Ela se levantava, tornava a sentar-se. Seu olhar disperso e cruel procurava algo para quebrar. De repente, ao olhar para a dama de bigodes, o jovem loirinho sacou seu revólver.

– Não verá isso – disse ele; e, sem deixar seu assento, mirou. Duas balas furaram sucessivamente os dois olhos do retrato.

Em seguida, exclamou:

– Façamos a mina! – e subitamente as conversas se interromperam, como se um forte e extraordinário interesse tivesse se apoderado de todos.

A "mina" era sua invenção, sua maneira de destruir, seu divertimento preferido.

Ao deixar seu castelo, o proprietário legítimo, o conde Fernand d'Amoys d'Uville, não tivera tempo de levar nem de esconder nada, com exceção da prataria enfurnada no buraco de uma parede. Ora, como ele era muito rico e magnânimo, seu grande salão, cuja porta se abria para a sala de jantar, apresentava, antes da fuga apressada do dono, o aspecto de uma galeria de museu.

Nas paredes pendiam telas, desenhos e aquarelas de grande valor, ao passo que, sobre os móveis, nas prateleiras e vitrines elegantes, mil bibelôs, potiches, estatuetas, bonecos de louça da Saxônia e bonequinhos atarracados e mais ou menos grotescos de porcelana chinesa, marfins antigos e cristais de Veneza, povoavam a vasta residência com sua coleção preciosa e bizarra.

Agora restava muito pouco dela. Não que a tivessem pilhado; o major conde de Farlsberg não o teria permitido. De tempo em tempo, porém, srta. Fifi fazia a *mina*; e, naquele dia, todos os oficiais realmente se divertiram durante cinco minutos.

O pequeno marquês foi buscar no salão aquilo de que precisava. Ele trouxe uma delicadíssima chaleira chinesa com esmalte da família rosa, a qual encheu de pólvora e, pelo bico, introduziu delicadamente um longo pedaço de pavio, acendeu-o e correu para devolver essa máquina infernal ao aposento contíguo.

Em seguida, voltou bem depressa, fechando a porta. Todos os alemães aguardavam, em pé, com semblante sorridente e uma curiosidade infantil; e, assim que a explosão abalou o castelo, eles acorreram juntos.

Srta. Fifi, ao entrar primeiro, batia palmas de modo frenético diante de uma Vênus de terracota cuja cabeça finalmente saltara; e cada qual recolhia pedaços de porcelana, embasbacando-se com os estranhos recortes dentados dos fragmentos, examinando as avarias recentes, contestando certos estragos como tendo sido produzidos pela explosão anterior; e o major contemplava, com um ar paternal, o vasto salão arruinado por essa rajada à maneira de Nero e coberto com cacos de objetos de arte. Ele saiu do salão antes de todos, declarando com simplicidade:

– Isso funcionou, desta vez.

Mas uma quantidade de fumaça tão grande havia entrado na sala de jantar, misturando-se com aquela do tabaco, que não podiam mais respirar. O comandante abriu a janela, e dela se aproximaram todos os oficiais que reapareceram para beber um último copo de conhaque.

O ar úmido alastrou-se pelo recinto, trazendo uma espécie de poeira d'água que polvilhava as barbas, e um odor de inundação. Eles observavam as grandes árvores encurvadas ao peso do aguaceiro, o amplo vale enevoado por esse escoamento das nuvens escuras e baixas e, bem ao longe, o campanário da igreja suspenso como uma ponta cinzenta em meio à pancada de chuva.

Desde a chegada deles, o sino não havia soado. Ademais, era a única resistência que os invasores haviam encontrado nos arredores: a do campanário. O pároco de modo algum se recusara a receber e a alimentar soldados prussianos; por diversas vezes, ele até mesmo aceitara beber uma garrafa de cerveja ou de Bordeaux com o comandante inimigo, que, com frequência, usava-o como intermediário benevolente. Contudo, não adiantava lhe pedir uma única badalada de seu sino: ele teria preferido deixar-se fuzilar. Era sua maneira de protestar contra a invasão. Protesto pacífico, protesto do silêncio: o único, dizia ele, que convinha ao sacerdote, homem de clemência e não de sangue; e todos, a dez léguas do entorno, exaltavam a determinação, o heroísmo do abade Chantavoine, que ousava exprimir o luto público, proclamá-lo por meio do mutismo obstinado de sua igreja.

Toda a aldeia, entusiasmada por essa resistência, estava pronta para apoiar seu pastor até o fim, disposta a enfrentar tudo, ao julgar esse protesto tácito como a salvaguarda da honra nacional. Aos camponeses parecia que, dessa maneira, haviam prestado serviços mais excelentes do que em Belforte e Estrasburgo; que haviam dado um exemplo equivalente; que o nome do vilarejo se tornaria imortal; e, afora isso, nada recusavam aos vencedores prussianos.

Juntos, o comandante e seus oficiais riam dessa coragem inofensiva; e, como toda a região mostrava-se obsequiosa e dócil, toleravam de bom grado seu patriotismo mudo.

Apenas o marquesinho Wilhem teria desejado forçar o sino a soar. Ele se encolerizava com a condescendência diplomática de seu superior para com o sacerdote; e todo dia suplicava ao comandante que o deixasse fazer "din-don-don" uma vez, uma única vezinha, apenas para rir um pouco. E ele pedia isso com charmes de gata, requebros de mulher, doces inflexões de uma amante enlouquecida por um desejo; mas o comandante não cedia, e srta. Fifi, a fim de consolar-se, fazia a *mina* no castelo de Uville.

Os cinco homens ali ficaram reunidos durante alguns minutos, inalando a umidade. Enfim, o tenente Fritz, dando uma risada pastosa, declarou:

– Essas *tonzelas* não *terrão pom* tempo *parra* seu passeio.

Então se separaram, cada qual se dirigindo a seu regimento, e o capitão muito atarefado com os preparativos do jantar.

Quando se reencontraram, ao cair da noite, puseram-se a rir ao verem-se elegantes e reluzentes como nos dias de grande desfile militar: embonecados, perfumados, totalmente revigorados. Os cabelos do comandante pareciam menos grisalhos do que de manhã; e o capitão barbeara-se, deixando apenas seu bigode, que lhe metia uma chama debaixo do nariz.

Apesar da chuva, deixavam a janela aberta; e, de vez em quando, um deles ia escutar. Às 6h10, o barão sinalizou um longínquo rumor. Todos acorreram; e logo a grande carruagem surgiu, com seus quatro cavalos ainda a galope, completamente sujos, fumegantes e arfantes.

E na escadaria exterior, cinco mulheres desceram da carruagem, cinco belas moças escolhidas com cuidado por um camarada do capitão a quem *O Dever* fora entregar um bilhete de seu oficial.

Elas não hesitaram, seguras de que seriam bem pagas; aliás, conheciam os prussianos desde que os sondavam, havia três meses, procurando tirar proveito tanto dos homens como das coisas. "São os ossos do ofício", diziam-se mutuamente no caminho, sem dúvida para reagir a certo prurido discreto de um resto de consciência.

E sem demora entraram na sala de jantar. Iluminada, parecia ainda mais lúgubre em sua lastimável deterioração; e a mesa, repleta de carnes, de louça faustosa e de prataria encontrada na parede em que a escondera o proprietário, dava a esse lugar o aspecto de uma taberna de bandidos que jantam depois de uma pilhagem. Radiante, o capitão apoderava-se das mulheres como se tomasse posse de uma coisa familiar: apreciando-as, beijando-as, cheirando-as, julgando-as por seu valor de moças voluptuosas; e como cada um dos três rapazes desejava dispor de uma delas, ele se opôs com autoridade, atribuindo-se exclusivamente o direito de efetuar a partilha, com toda a justiça, segundo as patentes, para não violar em absoluto a hierarquia.

Então, a fim de evitar qualquer discussão, contestação e suspeita de parcialidade, alinhou-as por ordem de tamanho e, dirigindo-se à mais alta, com a entoação do comando:

– Seu nome?

Aumentando o tom de sua voz, ela respondeu:

– Pamela.

Então ele proclamou:

– Número um, denominada Pamela, atribuída ao comandante.

Em seguida, depois de ter beijado Blondine, a segunda, como um sinal de apropriação, ofereceu a corpulenta Amanda ao tenente Otto; Eva, *a Tomate*, ao subtenente Fritz; e a menor de todas, Rachel – uma morena muito jovem, de olhos negros como uma mancha de tinta, uma judia cujo nariz arrebitado confirmava a regra que atribui narizes aduncos a todo o seu povo –, ao mais jovem dos oficiais, ao franzino marquês Wilhem d'Eyrik.

Aliás, todas eram bonitas e gordas, sem fisionomias muito distintas, feitas quase idênticas em aparência e tez devido às práticas de amor cotidianas e à vida comum dos bordéis.

Os três rapazes pretendiam arrastar sem demora suas mulheres, a pretexto de lhes oferecer escovas e sabão para se limparem; mas o capitão, prudentemente, opôs-se a isso, afirmando que estavam bastante asseadas para sentar à mesa, e que aqueles que subissem desejariam trocar ao descer e perturbariam os outros casais. Prevaleceu sua experiência. Houve apenas muitos beijos, beijos de espera.

De repente, Rachel sufocou, tossindo até às lágrimas e expelindo fumaça pelas narinas. O marquês, a pretexto de beijá-la, acabara de lhe insuflar uma baforada de tabaco na boca. Ela não se zangou, não disse palavra alguma, mas olhou fixamente para seu possessor com uma ira despertada bem no fundo de seus olhos negros.

Sentaram-se. O próprio comandante parecia encantado; agarrou Pamela à sua direita, Blondine à sua esquerda e declarou, desdobrando o guardanapo:

– Tivestes uma ideia maravilhosa, capitão.

Os tenentes Otto e Fritz, polidos como se estivessem com mulheres da alta sociedade, intimidavam um pouco suas vizinhas; mas o barão de Kelweingstein, entregue a seu vício, estava radiante, disparava palavras chulas, parecia afogueado com sua coroa de cabelos ruivos. Proferia galanteios em francês do Reno; e seus elogios de taberna, expectorados pelo buraco dos dois dentes quebrados, alcançavam as moças em meio a uma rajada de saliva.

De resto, elas não compreendiam nada; e o entendimento delas pareceu despertar apenas quando ele cuspiu palavras obscenas, expressões picantes, estropiadas por seu sotaque. Então, ao mesmo tempo, todas começaram a rir como loucas, tombando sobre o ventre de seus vizinhos, repetindo os termos que o barão começou então a desfigurar extremamente, a fim de fazê-las dizer obscenidades. Vomitavam-nas à vontade, embriagadas com as primeiras garrafas de vinho; e, recompondo-se, ao dar vazão aos hábitos, beijavam os bigodes à direita e aqueles à esquerda, beliscavam os braços, soltavam gritos exaltados, bebiam em todos os copos, cantavam refrões franceses e trechos de canções alemãs aprendidas em seus comércios diários com o inimigo.

Logo os próprios homens, inebriados com essa carne de mulher exposta debaixo de seus narizes e ao alcance de suas mãos, vieram à loucura, urrando, quebrando a louça, ao passo que, atrás deles, soldados impassíveis serviam-nos.

Só o comandante mantinha discrição.

Srta. Fifi pusera Rachel sobre seus joelhos e, animando-se sem verdadeira emoção, ora beijava loucamente os cachos de ébano em seu pescoço, aspirando pelo estreito vão entre o vestido e a pele o doce calor de seu corpo e todo o aroma de sua pessoa, ora a beliscava com furor, através do tecido, fazendo-a gritar, tomado por uma ferocidade raivosa, açulada por sua necessidade de devastação. Com frequência, também, enlaçando-a, apertando-a como que para aglutiná-la a ele, pressionava por muito tempo seus lábios contra a boca jovem da judia, beijava-a até perder o fôlego; mas, de repente, mordeu-a com tanta força que um rastro de sangue escorreu pelo queixo da jovem e imergiu em seu corpete.

Uma vez mais, ela o olhou fixamente e, limpando a ferida, murmurou:

– Isso tem um preço.

Ele pôs-se a rir, com uma risada dura.

– Eu pagarei – disse ele.

Chegavam à sobremesa; serviam champanhe. O comandante levantou-se e, com o mesmo tom que teria adotado para brindar à imperatriz Augusta, ele exclamou:

– Às nossas damas!

E uma série de brindes teve início: brindes de uma galanteria de soldados grosseirões e de beberrões, entremeados com pilhérias obscenas, tornadas ainda mais brutais pelo desconhecimento da língua.

Eles se levantavam, um após o outro, buscando gracejos, esforçando-se para ser engraçados; e as mulheres, caindo de bêbadas, com os olhos desnorteados, os lábios pastosos, toda vez aplaudiam loucamente.

O capitão, sem dúvida desejando atribuir à orgia um ar galante, ergueu seu copo uma vez mais e declarou:

– Às nossas vitórias sobre os corações!

Então o tenente Otto, espécie de urso da Floresta Negra, levantou-se, inflamado, saturado de bebidas. E subitamente invadido de patriotismo alcoólico, exclamou:

– Às nossas vitórias sobre a França!

Por mais chumbadas que estivessem, as mulheres calaram-se; e Rachel, trêmula, virou-se:

– Se queres saber, conheço franceses perante os quais não dirias isso.

Mas o marquesinho, mantendo-a sempre sobre seus joelhos, pôs-se a rir, já muito alegre com o vinho:

– Ha! Ha! Ha! Quanto a mim, nunca vi um desses. Assim que aparecemos, eles picam a mula!

A moça, exasperada, gritou-lhe na cara:

– Estás mentindo, sacana!

Durante um segundo, fixou nela seus olhos claros, assim como os fixava nos quadros cuja tela furava com tiros de revólver, em seguida pôs-se a rir:

– Ah! Sim, falemos deles, minha bela! Acaso estaríamos aqui, se eles fossem corajosos?! – E ele se animava: – Nós somos seus senhores! Para nós, a França!

Ela saiu de seu colo com um movimento brusco e voltou para sua cadeira. Ele levantou-se, estendeu seu copo até o centro da mesa e repetiu:

– Para nós, a França e os franceses, os bosques, os campos e as casas da França!

Os outros, completamente bêbados, de súbito sacudidos por um entusiasmo militar, um entusiasmo de broncos, pegaram seus copos enquanto vociferavam "Viva a Prússia!", e esvaziaram-nos de um só trago.

As moças não protestaram, forçadas ao silêncio e tomadas de medo. A própria Rachel calava-se, incapaz de responder.

Nesse momento, o marquesinho pousou sobre a cabeça da judia sua taça de champanhe novamente cheia:

– Para nós, também – exclamou ele –, todas as mulheres da França!

Ela levantou-se tão rapidamente que o cristal, ao virar de ponta-cabeça, esvaziou-se, como em um batismo – o vinho amarelo em seus cabelos negros –, e tombou, quebrando no chão. Com os lábios trêmulos, ela enfrentava com o olhar o oficial que ainda ria, e balbuciou, com uma voz abafada de cólera:

– Isso... isso... isso não é verdade; não tereis as mulheres da França, por exemplo.

Ele sentou-se para rir à vontade e, buscando o sotaque parisiense:

– Ela é *pem poa, pem poa*; então o que fazes aqui, pequena?

Atônita, calou-se a princípio, mal compreendendo as palavras por conta de seu aturdimento; em seguida, logo que assimilou o que ele dizia, disparou-lhe, indignada e impetuosa:

– Eu!? Eu!? Eu não sou uma mulher, sou uma puta; isso é tudo o que os prussianos merecem.

Ela ainda não havia concluído quando ele a esbofeteou com força; mas como ele erguia mais uma vez a mão, enlouquecida de raiva, ela pegou na mesa uma pequena faca de sobremesa com lâmina de prata e, de maneira tão brusca que não enxergaram nada a princípio, enterrou-a em cheio no pescoço dele, bem na cavidade onde começa o peito.

Uma palavra que ele pronunciava foi cortada em sua garganta; e ele permaneceu boquiaberto, com um olhar pavoroso.

Todos soltaram um bramido e levantaram-se em tumulto; mas, como Rachel havia jogado sua cadeira nas pernas do tenente Otto, que desmoronou por inteiro, ela correu até a janela, abriu-a antes que tivessem podido alcançá-la e lançou-se na noite, sob a chuva que ainda caía.

Em dois minutos, srta. Fifi estava morta. Então Fritz e Otto sacaram suas armas e quiseram massacrar as mulheres, que se atiravam a seus pés. Não sem dificuldade, o major impediu essa carnificina: mandou trancar em um quarto, sob a guarda de dois homens, as quatro moças desesperadas. Em seguida, como se tivesse disposto seus soldados para um combate, organizou a busca da fugitiva, muito seguro de reavê-la.

Cinquenta homens, incitados por ameaças, foram lançados no parque. Outros duzentos vasculharam os bosques e todas as casas do vale.

A mesa, desfeita em um instante, servia agora de leito mortuário, e os quatro oficiais, rígidos, desembebedados, com o rosto duro dos homens de guerra em exercício, permaneciam em pé, perto das janelas: sondavam a noite.

O aguaceiro torrencial continuava. Um marulho contínuo enchia a escuridão, um flutuante murmúrio de água que cai e de água que corre, de água que goteja e de água que jorra.

Súbito, um tiro ribombou, depois outro muito longe; e, durante quatro horas, da mesma forma ouviram-se detonações, de tempo em tempo, próximas ou distantes, e gritos de guerra, estranhas palavras lançadas, como um chamamento, por vozes guturais.

De manhã, todos regressaram. Dois soldados haviam sido mortos, e outros três feridos por seus camaradas em meio ao ímpeto da caçada e ao sobressalto dessa busca noturna.

Não haviam encontrado Rachel.

Então os habitantes locais foram aterrorizados, as moradas revolvidas, toda a região percorrida, explorada, revirada. A judia não parecia ter deixado uma única pista de sua passagem.

O general, depois de receber aviso, ordenou que o caso fosse abafado, para não dar maus exemplos no Exército, e aplicou uma pena disciplinar ao comandante, que puniu seus subalternos. O general havia dito:

– Não se faz guerra para divertir-se e acariciar meretrizes.

E o conde de Farlsberg, exasperado, resolveu desforrar-se na região.

Dado que precisava de um pretexto para punir sem constrangimento, mandou chamar o pároco e ordenou-lhe que tocasse o sino no enterro do marquês d'Eyrik.

Ao contrário do que se esperava, o padre mostrou-se dócil, humilde e cheio de atenções. E no momento em que, carregado por soldados, precedido, rodeado, seguido por soldados que marchavam com o fuzil carregado, o corpo de srta. Fifi deixou o castelo de Uville, seguindo para o cemitério, pela primeira vez o sino retumbou seu dobre fúnebre com uma cadência alegre, como se uma mão amiga o tivesse acariciado.

Ele ainda soou à noite; e também no dia seguinte, e todos os dias. Ele repicou tantas vezes quantas foram solicitadas. Certas ocasiões, à noite, até mesmo se punha em movimento sozinho, e muito docemente emitia dois ou três sons na escuridão, tomado de alegrias extraordinárias, desperto não se sabe por quê. Todos os camponeses da região julgaram-no então enfeitiçado; e, salvo o pároco e o sacristão, ninguém mais se aproximava do campanário.

É que uma pobre moça vivia lá em cima, em estado de angústia e solidão, alimentada às escondidas por esses dois homens.

Ela permaneceu ali até a partida das tropas alemãs. Depois, uma noite, o próprio pároco, que havia emprestado a charrete do padeiro, conduziu sua prisioneira até a entrada de Rouen. Quando lá chegou, o padre abraçou-a; ela desceu e prontamente voltou a pé para o bordel, cuja patroa acreditava que ela morrera.

Algum tempo depois, ela foi tirada de lá por um patriota sem preconceitos que a amou por sua admirável ação; em seguida, afeiçoando-se à sua pessoa, desposou-a. Fez dela uma dama tão valorosa quanto tantas outras.

O HORLA[1]

8 DE MAIO – Que dia maravilhoso! Passei toda a manhã estirado sobre a relva, em frente à minha casa, sob o enorme plátano que a envolve, protege-a e a ensombra totalmente. Amo este país; e nele amo viver porque aqui tenho minhas raízes, essas profundas e delicadas raízes que prendem um homem à terra onde nasceram e morreram seus antepassados, que o ligam ao que se pensa e ao que se come, tanto aos usos como aos alimentos, às expressões locais, às entonações dos camponeses, aos odores do solo, das aldeias e do próprio ar.

Amo a casa em que nasci. De minhas janelas vejo o Sena, que corre ao longo de meu jardim, atrás da estrada, quase em minha casa, o grande e largo Sena, que vai de Rouen ao Havre, coberto de barcos que passam.

À esquerda, ao longe, Rouen, a vasta cidade com telhados azuis, sob a multidão pontiaguda dos campanários góticos. Eles são inumeráveis, frágeis ou robustos, dominados pela flecha de ferro fun-

---

1 *Le Horla* (primeira publicação da presente versão: 1887). Traduzido a partir do texto estabelecido e anotado por Louis Forestier. Cf. MAUPASSANT, Guy de. *Contes et nouvelles*. t.II. Les contes et nouvelles de Maupassant publiés entre avril 1884 et 1893. Texte établi et annoté par Louis Forestier. Paris: Gallimard, 1979, coll. "La Bibliothèque de la Pléiade", p.913-38. [N. T.]

dido da catedral e cheios de sinos que soam no ar azulado das belas manhãs, fazendo chegar até mim seu suave e longínquo murmúrio de ferro, seu canto de bronze que me traz a brisa, ora mais forte, ora mais enfraquecido, conforme ela se intensifica ou se atenua.

Como estava agradável o tempo nessa manhã!

Por volta das 11 horas, um longo comboio de navios, puxados por um rebocador gordo como uma mosca e que arquejava de esforço ao expelir uma fumaça espessa, desfilava diante de meu portão.

Depois de duas goletas inglesas, cuja bandeira vermelha ondulava no céu, vinha uma esplêndida embarcação brasileira com três mastros, toda branca, admiravelmente cuidada e reluzente. Eu a saudava, não sei por quê, de tanto prazer que senti ao ver esse navio.

12 DE MAIO – Tenho um pouco de febre há alguns dias; sinto-me indisposto, ou antes, sinto-me triste.

De onde vêm essas influências misteriosas que convertem nossa felicidade em desalento e nossa confiança em angústia? Dir-se-á que o ar, o ar invisível, está repleto de poderes desconhecidos, a cujos acercamentos misteriosos estamos sujeitos. Acordo cheio de vivacidade, com ganas de cantar que vêm da garganta. Por quê? Sigo margeando o curso d'água; e súbito, depois de uma breve caminhada, regresso desolado, como se algum infortúnio estivesse me esperando em casa. Por quê? Foi um tremor de frio que, ao roçar minha pele, fez vibrar meus nervos e anuviou minha alma? Foi a forma das nuvens ou a tonalidade do dia, a tonalidade das coisas, tão variável, que, ao passar por meus olhos, perturbou meu pensamento? Vá saber! Tudo o que nos circunda, tudo o que vemos sem olhar, tudo o que roçamos sem conhecer, tudo o que tocamos sem apalpar, tudo o que percebemos sem distinguir acaso tem sobre nós, sobre nossos órgãos e, por meio deles, sobre nossas ideias, sobre nosso próprio coração, efeitos repentinos, surpreendentes e inexplicáveis?

Como é profundo esse mistério do Invisível! Não podemos sondá-lo com nossos sentidos miseráveis, com nossos olhos que não conseguem perceber nem o que é muitíssimo pequeno nem o que é muitíssimo grande, nem o que está próximo demais nem o que está por demais distante, nem os habitantes de uma estrela nem os habitantes de uma gota d'água... com nossos ouvidos que nos enganam, pois nos transmitem as vibrações do ar em notas sonoras. Eles são fadas que operam o milagre de converter esse movimento em ruído e, por meio dessa metamorfose, dão origem à música, que torna cantante a agitação muda da natureza... com nosso olfato, mais débil do que o do cão... com nosso paladar, que mal consegue discernir a idade de um vinho!

Ah! Se tivéssemos outros órgãos que operassem a nosso favor outros milagres, quantas coisas poderíamos ainda descobrir à nossa volta!

16 DE MAIO – Estou enfermo, decididamente! Eu estava tão saudável no mês passado! Tenho febre, uma febre atroz, ou antes, uma agitação febril que torna minha alma tão indisposta quanto meu corpo! Tenho sempre essa sensação pavorosa de um perigo ameaçador, essa apreensão de um infortúnio que sobrevém ou da morte que se avizinha, esse pressentimento que, sem dúvida, é a espera de um mal ainda desconhecido, brotando no sangue e na carne.

18 DE MAIO – Acabo de ir consultar meu médico, pois não podia mais dormir. Ele achou meu pulso rápido, o olho dilatado, os nervos vacilantes, mas sem qualquer sintoma alarmante. Devo submeter-me aos banhos medicinais e tomar brometo de potássio.

25 DE MAIO – Nenhuma melhora! Realmente, meu estado é bizarro. À medida que se aproxima o fim do dia, uma inquietude incompreensível invade-me, como se a noite ocultasse de mim uma ameaça terrível. Janto depressa, depois tento ler: mas não compreendo as palavras, mal distingo as letras. Então caminho em minha sala de estar, de um lado para o outro, sob a opressão de um temor confuso e irresistível – o temor do sono e o temor do leito.

Por volta das 10 horas, subo para meu quarto. Logo que entro, giro a chave duas vezes, empurro as trancas – tenho medo... de quê?! Eu não receava nada até então... Abro meus armários, olho embaixo de minha cama – eu escuto... eu escuto... o quê?!... Acaso não é estranho que um simples mal-estar, talvez um distúrbio da circulação, a inflamação de uma ramificação nervosa, um pouco de congestão, uma perturbação mínima no funcionamento tão imperfeito e tão delicado de nossa máquina vivente possa converter o mais alegre dos homens em um melancólico, e o mais bravo em um poltrão? Em seguida, deito-me e aguardo o sono como alguém aguardaria o algoz. Eu o aguardo com o terror de sua chegada, e meu coração bate, e minhas pernas tremem, e todo o meu corpo estremece no calor dos lençóis; até o momento em que, subitamente, caio no sono, como alguém cairia, para afogar-se, em uma fossa de água parada. Eu não o percebo acercar-se, como outrora, esse sono pérfido, perto de mim escondido, que me espreita, que vai me agarrar pela cabeça, fechar meus olhos, tragar-me.

Durmo – longamente – duas ou três horas –, em seguida, um sonho – não – um pesadelo me oprime. Percebo claramente que estou deitado e que durmo... eu o percebo e estou ciente disso... e também percebo que alguém se aproxima de mim, observa-me, apalpa-me, sobe em minha cama, curva-se sobre meu peito, pega meu pescoço entre suas mãos e aperta... aperta... com toda a sua força, para estrangular-me.

Debato-me, retido por essa impotência atroz que nos paralisa nos sonhos; quero gritar – não posso –, quero me mexer – não posso –; com esforços pavorosos, arquejando, tento virar-me, repelir esse ser que me esmaga e me sufoca – não posso!

E subitamente acordo, aterrorizado, coberto de suor. Acendo uma vela. Estou só.

Depois dessa crise, que se repete todas as noites, durmo, enfim, com tranquilidade, até a aurora.

2 DE JUNHO – Meu estado agravou-se mais. De que padeço, então? O brometo não tem nenhum efeito; os banhos medicinais não têm

efeito algum. Nesta tarde, para fatigar meu corpo, apesar de já estar tão cansado, fui dar uma volta na floresta de Roumare. De início, acreditei que o ar fresco, leve e suave, pleno de aroma de ervas e folhas, instilava-me nas veias um sangue novo e, no coração, nova energia. Enveredei por uma grande alameda de caça e logo em seguida virei na direção de La Bouille, por uma passagem estreita, entre dois aglomerados de árvores desmesuradamente altas que interpunham uma cobertura verde, espessa, quase tenebrosa, entre o céu e mim.

Um tremor assaltou-me de repente; não um tremor de frio, mas um estranho tremor de angústia.

Apressei o passo, apreensivo por estar sozinho nesse bosque, atemorizado – sem motivo, estupidamente – pela profunda solidão. Súbito, pareceu-me que estava sendo seguido, que alguém seguia em meu encalço, quase me alcançando.

Virei-me de súbito. Eu estava só. Atrás de mim, vi apenas a reta e ampla passagem, vazia, grande, terrivelmente vazia; e do outro lado ela estendia-se a perder de vista, absolutamente uniforme, assustadora.

Fechei os olhos. Por quê?! E comecei a rodopiar, muito rápido, como um pião. Quase caí; reabri meus olhos: as árvores dançavam, a terra oscilava. Tive de sentar-me. Em seguida, ah!, não sabia mais por onde eu viera! Ideia bizarra! Bizarra! Ideia bizarra! Eu não sabia mais nada. Parti pelo lado que se encontrava à minha direita e regressei à alameda que me levara ao coração da floresta.

3 DE JUNHO – A noite foi horrível. Ausentar-me-ei durante algumas semanas. Uma pequena viagem, sem dúvida, há de recompor-me.

2 DE JULHO – Regresso. Estou curado. Fiz, aliás, uma excursão encantadora. Visitei o Monte Saint-Michel, que eu não conhecia.

Que visão, quando se chega, como eu, a Avranches quase no fim do dia! A cidade encontra-se sobre uma colina; e conduziram-me ao jardim público, no limite da parte mais antiga da cidade. Soltei um grito de espanto. Uma baía desmedida estendia-se diante de mim, a perder de vista, entre duas encostas afastadas, perdendo-se ao longe nas brumas; e, no meio dessa imensa baía amarela, sob um céu de ouro e claridade, elevava-se, sombrio e pontiagudo, um estranho monte, cingido pelas areias. O sol acabara de desaparecer; e no horizonte ainda flamejante desenhava-se o perfil desse fantástico rochedo que sustém em seu topo um fantástico monumento.

Logo na aurora, fui em direção a ele. O mar estava baixo, como no fim do dia anterior, e observava elevar-se diante de mim, à medida que dela me aproximava, a surpreendente abadia. Depois de várias horas de caminhada, alcancei o enorme bloco de pedras que suporta a parte mais antiga da cidadezinha coroada pela grande igreja. Após subir a rua estreita e íngreme, adentrei na mais admirável morada gótica construída para Deus sobre a face da Terra, vasta como uma cidade, cheia de salas baixas comprimidas sob abóbadas e de altas galerias sustentadas por delgadas colunas. Adentrei nessa gigantesca maravilha de granito, delicada como uma renda, coberta de torres, de esbeltos campanariozinhos aos quais levam escadas tortuosas e que, no céu azul dos dias e no céu escuro das noites, exibem suas bizarras cabeças cobertas de quimeras, diabos, animais fantásticos, flores monstruosas, ligados entre si por finos arcos trabalhados.

Quando me vi no topo, disse ao monge que me acompanhava:

– Padre, como o senhor deve se sentir bem aqui!

Ele respondeu:

– Há muito vento, senhor – e pusemo-nos a conversar enquanto observávamos subir o mar, que invadia a areia e a cobria com uma couraça de aço.

E o monge contou-me histórias, todas as velhas histórias desse lugar, lendas atrás de lendas.

Uma delas impressionou-me muito. As pessoas da região – aquelas do monte – dizem que, à noite, ouvem-se vozes entre as areias, e que se ouvem, em seguida, duas cabras balindo: uma com voz forte, outra com voz fraca. Os incrédulos afirmam que são os gritos das aves oceânicas, que ora se assemelham a balidos, ora a lamentos humanos; mas os pescadores antigos juram ter encontrado, vagando pelas dunas, entre duas marés, nos arredores da pequena cidade assim lançada longe do mundo, um velho pastor, cuja cabeça – coberta com seu manto – jamais é vista, e que conduz, ao marchar à frente deles, um bode com feições de homem e uma cabra com feições de mulher, ambos com longos cabelos brancos, e falando continuamente, querelando entre si em uma língua desconhecida e, em seguida, deixando de gritar, de repente, para balir com toda a sua força.

Perguntei ao monge:
– Acredita nisso?
Ele murmurou:
– Não sei.
Prossegui:
– Se na Terra existissem outros seres além de nós, como não os conheceríamos desde há muito tempo? Como não os teria visto, o senhor? Como não os teria visto, eu?
Ele respondeu:
– Acaso vemos a centésima milésima parte do que existe? Olhe, eis aqui o vento, que é a maior força da natureza, que derruba os homens, arruína os edifícios, arranca as árvores, agita o mar em volumosas vagas, destrói as falésias e lança aos abrolhos os grandes navios; o vento que mata, que assobia, que geme, que brame – acaso o viu? E pode vê-lo? Todavia, ele existe.

Calei-me perante esse límpido raciocínio. Esse homem era um sábio ou talvez um tolo. Eu não o teria podido afirmar ao certo; em todo caso, calei-me. Sobre o que ele dizia naquele momento, eu já havia pensado repetidas vezes.

3 DE JULHO – Dormi mal. Por certo, há aqui uma influência febricitante, pois meu cocheiro padece do mesmo mal que eu. Ontem, ao regressar, notei sua palidez inabitual. Perguntei-lhe:
– O que há com o senhor, Jean?
– Ocorre que não consigo mais repousar, senhor, são minhas noites que engolem meus dias. Desde a sua partida, isso me domina como um feitiço.

Os outros empregados estão bem, apesar disso; mas, quanto a mim, sinto muito medo de ter uma recaída.

4 DE JULHO – Decididamente, tive uma recaída. Meus antigos pesadelos regressam. Esta noite, senti alguém agachado junto a mim e que, ao encostar sua boca sobre a minha, bebia minha vida entre meus lábios. Sim, ele a sorvia em minha garganta, como teria feito uma sanguessuga. Em seguida ele se levantou, saciado, e acordei tão mortificado, quebrantado, abatido, que não conseguia mais me mexer. Se isso continuar por mais alguns dias, decerto tornarei a partir.

5 DE JULHO – Acaso perdi a razão? O que ocorreu, o que vi na noite passada é tão estranho que meu espírito se perturba quando penso nisso!

Tranquei a porta, como o faço atualmente toda noite; depois, estando com sede, bebi meio copo d'água e, por acaso, notei que minha garrafa estava cheia até a tampa de cristal.

Deitei-me em seguida e caí em um de meus períodos de sono aterrorizantes, do qual fui arrancado depois de quase duas horas por um sobressalto mais pavoroso ainda.

Imaginem um homem que dorme, que é apunhalado e que, com uma faca no pulmão, desperta, e que agoniza coberto de sangue, e que não consegue mais respirar, e que vai morrer, e que não compreende – aí está.

Ao recobrar, enfim, minha razão, tive sede novamente; acendi uma vela e fui até a mesa onde estava minha garrafa. Levantei-a, inclinando-a sobre meu copo; nada verteu. – Ela estava vazia! Ela estava completamente vazia! De início, não entendi nada; depois senti subitamente uma emoção tão terrível que tive de me sentar, ou melhor, caí em uma cadeira! Então me reergui de um salto para observar à minha volta! Depois tornei a sentar-me, transtornado de espanto e de medo diante do cristal transparente! Contemplava-o com olhos fixos, procurando adivinhar. Minhas mãos tremiam!

Haviam então tomado aquela água? Quem? Eu? Eu, sem dúvida! Só podia ter sido eu! Então eu era um sonâmbulo; vivia, sem saber, essa dupla vida misteriosa que faz que duvidemos se há dois seres em nós ou se um ser estranho, incognoscível e invisível anima nosso corpo cativo que, por vezes, quando nossa alma está entorpecida, obedece a esse outro, assim como a nós mesmos, mais do que a nós mesmos.

Ah! Quem compreenderá minha angústia abominável? Quem compreenderá a emoção de um homem são de espírito, bem desperto, em seu pleno juízo e que observa aterrorizado, através do vidro de uma garrafa, certa quantidade de água que desapareceu enquanto ele dormia?! E lá fiquei até o amanhecer, sem ousar voltar para minha cama.

6 DE JULHO – Estou ficando louco. Tomaram novamente toda a minha garrafa esta noite – ou melhor, eu a tomei!

Mas fui eu? Fui eu?! Quem seria? Quem?! Oh! Meu Deus! Estou ficando louco? Quem me salvará?

10 DE JULHO – Acabo de fazer experiências surpreendentes.

Decididamente, estou louco! E não obstante...

No dia 6 de julho, antes de deitar-me, coloquei vinho, leite, água, pão e morangos sobre minha mesa.

Tomaram – tomei – toda a água e um pouco de leite. Não encostaram no vinho nem no pão nem nos morangos.

No dia 7 de julho, repeti a mesma experiência, que apresentou o mesmo resultado.

No dia 8 de julho, suprimi a água e o leite. Não encostaram em nada.

Enfim, no dia 9 de julho, recoloquei apenas a água e o leite sobre minha mesa, tendo o cuidado de envolver as garrafas em panos de musselina branca e de amarrar as rolhas. Em seguida, esfreguei grafita em meus lábios, em minha barba, em minhas mãos e deitei-me.

O invencível sono apoderou-se de mim, depressa seguido pelo atroz despertar. Eu não havia me mexido; meus lençóis não apresentavam manchas. Corri até minha mesa. Os panos que fechavam as garrafas haviam permanecido imaculados. Desfiz os laços, tremendo de medo. Haviam tomado toda a água! Haviam tomado todo o leite! Ah! Meu Deus!...

Vou partir imediatamente para Paris.

12 DE JULHO – Paris. Perdi, portanto, a razão nos últimos dias! Devo ter sido o joguete de minha imaginação atormentada, a menos que, na verdade, eu seja sonâmbulo ou que tenha sofrido uma dessas influências reconhecidas, mas até hoje inexplicáveis, que chamamos de sugestões. Em todo caso, minha perturbação aproximava-se da demência, e 24 horas de Paris bastaram para aprumar-me.

Ontem, depois de saídas e passeios que me insuflaram alento novo e vivificante, terminei minha noite no Théâtre-Français. Representavam uma peça de Alexandre Dumas filho; e esse espírito alerta e poderoso terminou de curar-me. Decerto a solidão é perigosa para as inteligências laboriosas. À nossa volta, precisamos de homens que pensam e falam. Quando estamos a sós por muito tempo, povoamos o vazio de fantasmas.

Regressei ao hotel, muito contente, pelos bulevares. No aperto da multidão, eu pensava, não sem ironia, em meus terrores, em minhas suposições da outra semana, pois acreditei, sim, acreditei que um ser invisível vivia sob meu teto. Como nossa razão é débil, e apavora-se, e logo se engana, assim que um pequeno fato incompreensível nos afeta!

Em vez de concluir por estas simples palavras: "Não compreendo porque a causa me escapa", logo imaginamos mistérios assustadores e poderes sobrenaturais.

14 DE JULHO – Festa da República. Passeei pelas ruas. Os petardos e as bandeiras divertiam-me como a uma criança. Contudo, é bem estúpido ser alegre em data fixa e por decreto do governo. O povo é

um rebanho imbecil, ora estupidamente paciente, ora ferozmente revoltado. Dizem-lhe: "Divirta-se". Ele se diverte. Dizem-lhe: "Vá lutar com o vizinho". Ele vai lutar. Dizem-lhe: "Vote pelo imperador". Ele vota pelo imperador. Em seguida, dizem-lhe: "Vote pela República". E ele vota pela República.

Aqueles que o dirigem também são néscios; mas, em vez de obedecer aos homens, obedecem a princípios, os quais só podem ser tolos, estéreis e falsos, pelo fato mesmo de que são princípios, isto é, ideias reputadas certas e imutáveis, neste mundo onde não temos certeza de nada, dado que a luz é uma ilusão, dado que o ruído é uma ilusão.

16 DE JULHO – Ontem vi coisas que me perturbaram muito.

Jantava na casa de minha prima, sra. Sablé, cujo marido comanda o 76º regimento de soldados de infantaria em Limoges. Encontrava-me na casa dela com duas jovens mulheres, uma das quais se casou com um médico, o dr. Parent, que lida muito com doenças nervosas e com manifestações extraordinárias que, atualmente, motivam as experiências sobre o hipnotismo e a sugestão.

Relatou-nos durante muito tempo os prodigiosos resultados obtidos por cientistas ingleses e pelos médicos da escola de Nancy.

Os fatos que ele avançava me pareceram tão bizarros que me declarei completamente incrédulo.

"Estamos", dizia ele, "prestes a descobrir um dos mais importantes segredos da natureza, quero dizer, um de seus mais importantes segredos nesta Terra; pois decerto ela têm outros muito mais importantes, lá ao longe, nas estrelas. Desde quando o homem pensa, uma vez que ele sabe expor e registrar seu pensamento por escrito, sente-se tocado por um mistério impenetrável para seus sentidos grosseiros e imperfeitos, e tenta suprir, mediante o esforço de sua inteligência, a miséria de seus órgãos. Enquanto essa inteligência ainda permanecia em estado rudimentar, essa obsessão por fenômenos invisíveis assumiu formas banalmente assustadoras. Daí se originaram as crenças populares no sobrenatural, as lendas dos espíritos errantes, das fadas, dos gnomos, dos fantasmas, até mesmo a lenda de Deus, eu diria, pois nossas concepções do trabalhador-criador, qualquer que seja a religião com base na qual elas nos chegam, são efetivamente as invenções mais medíocres, as mais estúpidas, as mais inaceitáveis que surgiram do cérebro atemorizado das criaturas. Nada mais verdadeiro do que esta fórmula de Voltaire: 'Deus fez o homem à sua imagem, mas o homem lhe retribuiu do mesmo modo'.[2]

"Mas, há pouco mais de um século, parecem pressentir algo novo. Mesmer e alguns outros nos apontaram uma via inesperada, e há quatro ou especialmente cinco anos chegamos de fato a resultados surpreendentes."

Minha prima, também muito incrédula, sorria. O dr. Parent disse-lhe:

– Quer que eu tente fazê-la adormecer, senhora?

– Sim, eu quero.

Ela sentou-se em uma poltrona e ele começou a olhá-la fixamente, enfeitiçando-a. Quanto a mim, senti-me de súbito um pouco perturbado, o coração palpitando, a garganta apertada. Via os olhos da sra. Sablé entorpecerem-se; sua boca, crispar-se; seu peito, arquejar.

Depois de dez minutos, ela dormia.

– Posicione-se atrás dela – disse o médico.

E sentei-me atrás dela. Ele pôs-lhe um cartão de visita nas mãos, dizendo-lhe:

– Isto é um espelho; o que vê nele?

Ela respondeu:

– Vejo meu primo.

– O que ele está fazendo?

– Está torcendo o bigode.

– E agora?

– Ele tira do bolso uma fotografia.

– Que fotografia é essa?

– A dele.

---

2 Voltaire, *Le Sottisier*, XXXII. [N. T.]

Era verdade! E haviam entregado essa fotografia para mim, na mesma tarde, no hotel.
– Como ele está nesse retrato?
– Ele está de pé, com seu chapéu na mão.
Então ela via nesse cartão, nesse cartão branco, como se estivesse vendo em um espelho.
As jovens mulheres, aterrorizadas, diziam:
– Basta! Basta! Basta!
Mas o doutor ordenou:
– Acordará amanhã às 8 horas; então irá procurar por seu primo no hotel onde está hospedado e lhe suplicará que lhe empreste 5 mil francos que seu marido lhe pede e que lhe exigirá em sua próxima viagem.
Em seguida, ele a despertou.
Ao voltar para o hotel, pensava nessa curiosa sessão, e dúvidas me assaltaram, de modo algum sobre a absoluta e insuspeitável boa-fé de minha prima, a quem, desde a infância, eu conhecia como uma irmã, mas sobre um possível embuste do doutor. Acaso não escondia em sua mão um espelho que mostrava à jovem mulher adormecida, junto com seu cartão de visita? Os prestidigitadores profissionais fazem coisas mais extraordinárias.
Então regressei ao hotel e deitei-me.
Ora, nessa manhã, por volta das 8h30, fui despertado pelo camareiro, que me disse:
– É a sra. Sablé, que pede para falar com o senhor imediatamente.
Vesti-me às pressas e a recebi.
Ela sentou-se muito perturbada, com os olhos abaixados e, sem levantar seu véu, disse-me:
– Meu caro primo, tenho um grande favor a pedir-lhe.
– Qual, minha prima?
– Fico muito constrangida de lho dizer, e, no entanto, é preciso fazê-lo. Necessito, necessito realmente de 5 mil francos.
– Ora essa, você?
– Sim, eu, ou melhor, meu marido, que me encarrega de consegui-los.

Estava tão estupefato que balbuciava minhas respostas. Eu me perguntava se ela realmente não troçara de mim com o dr. Parent, se não se tratava de uma simples farsa preparada de antemão e muito bem representada.

Porém, observando-a atentamente, todas as minhas dúvidas dissiparam-se. Ela tremia de angústia, de tão penosa que lhe era essa solicitação, e percebi que prendia o choro em sua garganta.

Sabia que ela era muito rica; e prossegui:

– Quê! Seu marido não dispõe de 5 mil francos? Vamos, pense! Tem certeza de que ele a encarregou de pedir-me esse montante?

Ela hesitou por alguns segundos, como se tivesse feito um grande esforço para perscrutar sua memória, em seguida respondeu:

– Sim... sim... Tenho certeza disso.

– Ele lhe escreveu?

Ela hesitou, uma vez mais, pensando. Eu adivinhava o trabalho torturante de seu pensamento. Ela não sabia. Só sabia que devia me pedir emprestado 5 mil francos para seu marido. Logo, ousou mentir.

– Sim, ele me escreveu.

– Quando? Não me disse nada ontem.

– Recebi sua carta esta manhã.

– Pode mostrá-la?

– Não... não... não... Ela continha coisas íntimas... Por demais pessoais... Eu... eu a queimei.

– Então, é porque seu marido contraiu dívidas.

Ela hesitou, uma vez mais, depois murmurou:

– Não sei.

Afirmei subitamente:

– É que não posso dispor de 5 mil francos neste momento, minha cara prima.

Ela soltou uma espécie de grito de sofrimento.

– Oh! Oh! Eu lhe peço, eu lhe peço, tente consegui-los...

Ela se exaltava, juntava as mãos como se me suplicasse! Ouvia sua voz mudar de tom; ela chorava e gaguejava, atormentada, dominada pela ordem irresistível que havia recebido.

– Oh! Oh! Eu lhe suplico... Se soubesse como eu sofro... Preciso deles hoje.

Apiedei-me dela.

– Você os terá em breve, eu lhe juro.

Ela exclamou:

– Oh! Obrigado! Obrigado! Como é bondoso.

Prossegui:

– Lembra-se do que ocorreu ontem à noite em sua casa?

– Sim.

– Lembra-se que o dr. Parent a adormeceu?

– Sim.

– E então, ele lhe ordenou que viesse pedir-me emprestado 5 mil francos esta manhã, e, neste momento, você está obedecendo a essa sugestão.

Ela refletiu por alguns segundos e respondeu:

– Já que é meu marido que está pedindo esse montante...

Tentei convencê-la durante uma hora, mas não consegui.

Quando ela partiu, corri até a casa do doutor. Ele ia sair; e escutou-me sorrindo. Depois ele disse:

– Acredita, agora?

– Sim, não há outro jeito.

– Vamos até a casa de sua parenta.

Ela já dormitava em uma espreguiçadeira, exaurida. O médico tomou-lhe o pulso, observou-a por algum tempo, enquanto mantinha uma das mãos levantada na direção de seus olhos, que ela fechou pouco a pouco, sob a pressão insustentável dessa força magnética.

Quando ela adormeceu:

– Seu marido não precisa mais de 5 mil francos. Logo, esquecerá que pediu a seu primo esse montante emprestado, e, se ele lhe falar disso, não compreenderá.

Em seguida, ele a despertou. Tirei a carteira de meu bolso:

– Eis aqui, minha cara prima, o que me pediu esta manhã.

Ela mostrou-se tão surpresa que não ousei insistir. Entretanto, tentei reavivar sua memória, mas ela negou com veemência, acreditou que eu troçava dela e, por fim, quase se zangou.

Aí está! Acabo de voltar; e não consegui almoçar, de tanto que essa experiência me transtornou.

19 DE JULHO – Muitas pessoas a quem contei essa aventura zombaram de mim. Não sei mais o que pensar. O sábio diz: talvez.

21 DE JULHO – Fui jantar em Bougival, depois passei a noite no baile dos canoeiros. Decididamente, tudo depende dos lugares e dos ambientes. Acreditar no sobrenatural na ilha da Grenouillère seria o cúmulo da loucura... Mas no topo do Monte Saint-Michel?... Mas nas Índias? Sofremos terrivelmente a influência daquilo que nos circunda. Regressarei a minha casa na próxima semana.

30 DE JULHO – Estou em casa desde ontem. Tudo vai bem.

2 DE AGOSTO – Nada de novo; o tempo está esplêndido. Passo meus dias vendo o rio Sena correr.

4 DE AGOSTO – Querelas entre meus empregados. Eles afirmam que, à noite, alguém quebra os copos nos armários. O camareiro acusa a cozinheira, que acusa a lavadeira, que acusa os outros dois. Quem é o culpado? Afinal, quem saberá?

6 DE AGOSTO – Dessa vez, não estou louco. Eu vi... eu vi... eu vi!... Não posso mais duvidar... eu vi!... Ainda sinto-me enregelado até as unhas... Ainda tenho medo até a medula... Eu vi!

Eu caminhava às duas horas, em pleno sol, em meu canteiro de roseiras... Na alameda das roseiras de outono que começam a florir.

Quando parei para observar um pé de roseira do tipo *géant des batailles*, que apresentava três flores magníficas, eu vi, vi distintamente, bem perto de mim, o caule de uma dessas rosas vergar-se, como se uma mão invisível o tivesse torcido, depois se partir, como se aquela mão tivesse colhido a rosa! Depois a flor ergueu-se, seguindo a curva que um braço teria desenhado para levá-la a uma boca, e permaneceu suspensa no ar transparente, sozinha, imóvel – assustadora mancha vermelha a três passos de meus olhos.

Exaltado, atirei-me sobre ela para apanhá-la! Não encontrei nada: ela havia desaparecido. Então fui tomado de uma violenta cólera contra mim mesmo, pois é inaceitável que um homem razoável e sério tenha semelhantes alucinações.

Mas seria efetivamente uma alucinação? Voltei-me para procurar o caule e, no mesmo instante, encontrei-o no arbusto partido havia pouco, entre as duas outras rosas ainda presas ao galho.

Então regressei à minha casa com a alma transtornada; pois agora estou certo – certo como da alternância dos dias e das noites – de que há um ser invisível perto de mim, que se alimenta de leite e de água, que pode tocar as coisas, pegá-las e mudá-las de lugar, dotado, por conseguinte, de uma natureza material, ainda que imperceptível aos nossos sentidos, e que, assim como eu, vive sob meu teto...

7 DE AGOSTO – Dormi tranquilo. Ele bebeu a água de minha garrafa, mas não perturbou meu sono.

Pergunto-me se estou louco. Ao passear, nesta tarde, sob o sol intenso, ao longo do rio, surgiram-me dúvidas quanto à minha razão – não essas dúvidas vagas que eu tinha até então, mas dúvidas precisas, absolutas. Já observei loucos; conheci alguns que permaneciam inteligentes, lúcidos, até mesmo perspicazes em todas as coisas da vida, salvo em um ponto: falavam de tudo com clareza, desenvoltura, profundidade e, de repente, ao atingir o escolho de sua loucura, nele se despedaçava seu pensamento, dispersava-se e afundava nesse oceano assustador e furioso, cheio de ondas agitadas, de nevoeiros, de borrascas, a que se chama de "demência".

Na certa, acreditar-me-ia louco, absolutamente louco, se não estivesse consciente, se não conhecesse perfeitamente meu estado, se não o sondasse, analisando-o com absoluta lucidez. Em suma, eu seria então apenas um alucinado raciocinador. Um distúrbio desconhecido teria ocorrido em meu cérebro, um desses distúrbios que, hoje em dia, os fisiologistas tentam avaliar e explicar; e esse distúrbio teria ocasionado uma cisão profunda em meu espírito, na ordem e na lógica de minhas ideias. Fenômenos semelhantes ocorrem no sonho que nos conduz às mais inverossímeis fantasmagorias, sem que disso nos surpreendamos, pois o aparelho verificador, pois o sentido do controle encontra-se adormecido; ao passo que a faculdade imaginativa vela e trabalha. Será possível que uma das imperceptíveis teclas do teclado cerebral esteja paralisada em mim? Alguns homens, em decorrência de acidentes, perdem a memória dos nomes próprios ou dos verbos ou dos algarismos, ou somente das datas. As localizações de todas as partes do pensamento estão hoje comprovadas. Ora, o que há de espantoso no fato de que minha faculdade de controlar a irrealidade de certas alucinações esteja entorpecida neste momento?!

Pensava em tudo isso enquanto seguia pela margem da água. O sol cobria o rio de claridade, tornava a Terra deleitável, enchia meu olhar de amor à vida, às andorinhas, cuja agilidade é uma alegria para meus olhos, às ervas que ficam na margem, cujo frêmito é uma felicidade para meus ouvidos.

Pouco a pouco, entretanto, um mal-estar inexplicável invadia-me. Parecia-me que uma força – uma força oculta – entorpecia-me, detinha-me, impedia-me de ir mais longe e atraía-me para trás. Sentia essa necessidade dolorosa de voltar que oprime, quando se deixou em casa um doente amado e se é apanhado pelo pressentimento de uma piora de sua doença.

Então regressei a contragosto, certo de que encontraria em minha casa uma notícia ruim, uma carta ou um telegrama. Não havia nada; e fiquei mais surpreso e mais inquieto do que se tivesse tido novamente alguma visão fantástica.

8 DE AGOSTO – Ontem tive uma noite pavorosa. Ele não mais se manifesta, mas sinto-o perto de mim – espiando-me, observando-me, trespassando-me, dominando-me –, e mais temível, ao esconder-se assim, do que se indicasse, mediante fenômenos sobrenaturais, sua presença invisível e constante.

Contudo, dormi.

9 DE AGOSTO – Nada, mas tenho medo.

10 DE AGOSTO – Nada; o que ocorrerá amanhã?

11 DE AGOSTO – Nada, ainda; não posso mais permanecer em casa com esse medo e esse pensamento que adentraram em minha alma; vou partir.

12 DE AGOSTO, 10 HORAS DA NOITE – Durante todo o dia desejei ir--me embora; não consegui. Desejei realizar esse ato tão fácil e tão simples de liberdade – sair –, entrar em meu veículo para alcançar Rouen – não consegui. Por quê?

13 DE AGOSTO – Quando se é atingido por certas doenças, todas as forças do ser físico parecem destruídas, todas as energias aniquiladas, todos os músculos afrouxados, os ossos tornam-se amolecidos como a carne e a carne líquida como a água. Experimento isso em meu ser moral de uma maneira estranha e desoladora. Não tenho mais força alguma, nenhuma coragem, nenhum domínio sobre mim, nem mesmo poder algum para exercer minha vontade. Não posso mais querer; mas alguém quer por mim; e eu obedeço.

14 DE AGOSTO – Estou perdido! Alguém possui minha alma e a governa! Alguém ordena todos os meus atos, todos os meus movimentos, todos os meus pensamentos. Não sou mais nada em mim, nada além de um espectador escravo e apavorado com todas as coisas que realizo. Desejo sair. Não posso. Ele não quer; e eu permaneço – desesperado, trêmulo, na poltrona onde ele me mantém sentado. Desejo apenas levantar-me, erguer-me, a fim de acreditar-me ainda dono de mim mesmo. Não posso! Estou preso em meu assento; e meu assento adere ao solo, de tal modo que nenhuma força nos ergueria.

Então, de chofre, é preciso, é preciso, é preciso que eu vá ao fundo de meu jardim para colher morangos e comê-los. E vou até lá. Colho morangos e os como! Oh! Meu Deus! Meu Deus! Meu Deus! Existe um Deus? Se existe um, libertai-me, salvai-me! Socorrei-me! Perdão! Piedade! Misericórdia! Salvai-me! Oh! Que sofrimento! Que tortura! Que horror!

15 DE AGOSTO – Eis, por certo, como estava possuída e dominada minha pobre prima quando veio pedir-me emprestado 5 mil francos. Ela padecia de uma vontade alheia que se apossou dela, como outra alma – como outra alma parasita e dominadora. Será que o mundo vai acabar?

Mas esse que me governa, quem é ele, esse invisível, esse incognoscível, esse errático de uma raça sobrenatural?

Logo, os Invisíveis existem! Neste caso, como é que ainda não haviam se manifestado de maneira clara, desde a origem do mundo, como o fazem para mim? Jamais li nada que se assemelhasse com o que ocorreu em minha residência. Oh! Se eu pudesse deixá-la, se eu pudesse ir embora, fugir e não voltar. Eu estaria salvo, mas não posso.

16 DE AGOSTO – Hoje pude escapar durante duas horas, como um prisioneiro que, por acaso, encontra aberta a porta de sua cela. Senti que estava livre de repente e que ele estava longe. Mandei atrelar o veículo muito rapidamente e parti para Rouen. Oh! Que alegria poder dizer a um homem que obedece: "Vá a Rouen!".

Pedi para estacionar em frente à biblioteca e solicitei que me emprestassem o grande tratado do dr. Hermann Herestauss sobre os habitantes desconhecidos do mundo antigo e moderno.

Em seguida, no instante em que subia em meu cupê, quis dizer: "Para a estação!", e gritei – eu não disse, gritei – com uma voz tão forte que os transeuntes se voltaram: "Para casa", e, arrebatado de angústia, caí sobre a almofada de meu veículo. Ele havia me encontrado novamente e me recapturara.

17 DE AGOSTO – Ah! Que noite! Que noite! E, no entanto, parece-me que eu deveria alegrar-me. Li até uma da madrugada! Hermann Herestauss, doutor em filosofia e teogonia, escreveu a história e as manifestações de todos os seres invisíveis que se acercam do homem ou que são sonhados por ele. Descreve suas origens, seu domínio, seu poder. Mas nenhum deles assemelha-se àquele que me atormenta. Dir-se-ia que o homem, desde que raciocina, pressentiu e receou um novo ser, mais forte do que ele, seu sucessor neste mundo, e que, ao senti-lo próximo, incapaz de prever a natureza desse mestre, criou, em seu terror, toda a horda fantástica dos seres ocultos, vagos fantasmas nascidos do medo.

Então, depois de ter lido até uma da madrugada, em seguida fui sentar-me perto da janela aberta para refrescar minha fronte e meu pensamento ao vento calmo da escuridão.

O tempo estava agradável, tépido! Como outrora eu teria gostado daquela noite!

Não havia lua. Ao fundo do céu negro as estrelas exibiam cintilações vibrantes. Quem habita esses mundos? Que formas, que seres viventes, que animais, que plantas lá se encontram? Nesses universos longínquos, o que, mais do que nós, conhecem aqueles que pensam? O que, mais do que nós, podem eles fazer? O que veem eles que nós desconhecemos? Acaso um deles, qualquer dia, ao atravessar o espaço, aparecerá em nossa Terra para conquistá-la, como outrora os normandos cruzavam o mar para subjugar povos mais fracos?

Somos tão débeis, tão desamparados, tão ignorantes, tão pequenos, sobre essa partícula de lama que gira diluída em uma gota d'água.

Adormeci, assim divagando ao vento fresco da noite.

Ora, depois de dormir cerca de quarenta minutos, reabri os olhos sem me mexer, desperto por não sei que emoção confusa e bizarra. A princípio, não vi nada; então, de repente, pareceu-me que uma página do livro que permanecera aberto sobre minha mesa acabava de virar sozinha. Nenhum sopro de vento entrara pela janela. Fiquei surpreso e aguardei. Passados cerca de quatro minutos, eu vi, vi, sim, vi com meus próprios olhos outra página virar e recair sobre a anterior, como se um dedo a tivesse folheado. Minha poltrona estava vazia, parecia vazia; mas compreendi que lá estava ele, sentado em meu lugar, e que lia. Em um salto impetuoso, em um salto de animal indócil, que vai desventrar seu domador, atravessei meu quarto para agarrá-lo, sufocá-lo, matá-lo!... Mas meu assento caiu para trás, antes que o tivesse alcançado, como se alguém tivesse fugido diante de mim... Minha mesa oscilou, minha lâmpada tombou e apagou-se, e a janela se fechou, como se um malfeitor surpreendido tivesse se lançado na noite, agarrando-se aos batentes com as duas mãos...

Logo, ele fugira; ele tivera medo, medo de mim!

Então... então... amanhã... ou depois... ou qualquer dia desses, poderei apanhá-lo e esmagá-lo contra o chão! Acaso os cães às vezes não mordem e estrangulam seus donos?

18 DE AGOSTO – Pensei o dia todo. Oh! Sim, vou obedecer-lhe, seguir seus impulsos, acatar todas as suas vontades, mostrar-me humilde, submisso, covarde. Ele é o mais forte. Todavia, há de chegar o momento...

19 DE AGOSTO – Eu descobri... descobri... descobri tudo! Acabo de ler isto na *Revue du Monde scientifique*: "Chega-nos do Rio de Janeiro uma notícia assaz curiosa. Uma loucura, uma epidemia de loucura, comparável às demências contagiosas que atingiram os povos da Europa na Idade Média, atualmente assola a província de São Paulo. Desesperados, os habitantes deixam suas casas, fogem de suas aldeias, abandonam suas plantações, dizendo-se perseguidos, possuídos, governados como um gado humano por seres invisíveis, embora tangíveis, espécies de vampiros que se alimentam de suas vidas enquanto dormem, e que, além disso, bebem água e leite, sem tocar, ao que parece, em nenhum outro alimento.

"O professor dom Pedro Henriquez, acompanhado de vários médicos eruditos, partiu para a província de São Paulo, a fim de estudar no próprio local as origens e manifestações dessa surpreendente loucura e propor ao imperador as medidas que julgar mais apropriadas para restabelecer a razão desses habitantes em delírio."

Ah! Ah! Eu me lembro, eu me lembro da embarcação brasileira com três mastros que passou sob minhas janelas enquanto subia o Sena, a 8 de maio passado! Julguei-a tão bela, tão branca, tão alegre! O Ser estava nela, vindo de lá, onde nasceu sua raça! E ele me viu! E também viu minha casa branca; e pulou do navio na margem. Oh! Meu Deus!

Agora eu sei, eu intuo. O reinado do homem está acabado.

Ele veio: aquele pelo qual se agitavam os primeiros terrores dos povos originários. Aquele que os padres inquietos exorcizavam, que os feiticeiros evocavam nas noites sombrias, sem vê-lo aparecer ainda, a quem os pressentimentos dos mestres transitórios do mundo emprestaram todas as formas monstruosas ou graciosas dos gnomos, dos espíritos, dos gênios, das fadas, dos duendes. Depois das grosseiras concepções do terror primitivo, homens mais perspicazes pressentiram-no mais claramente. Mesmer o intuíra, e já faz dez anos que os médicos descobriram, de modo preciso, a natureza de seu poder, antes que ele mesmo o tivesse exercido. Eles brincaram com essa arma do novo Senhor, a dominação de uma vontade misteriosa sobre a alma humana tornada escrava. A isso chamaram de magnetismo, hipnotismo, sugestão... que sei eu? Como crianças imprudentes, eu os vi divertirem-se com esse horrível poder! Ai de nós! Ai do homem! Ele veio: o... o... como se chama... o... parece que ele me está gritando seu nome, e eu não o ouço... o... sim... ele o grita... eu escuto... não consigo... repete... o... Horla... ouvi... o Horla... é ele... o Horla... ele veio!

Ah! O abutre comeu a pomba; o lobo comeu o cordeiro; o leão devorou o búfalo com chifres afiados; o homem matou o leão com a flecha, com o gládio, com a pólvora; mas o Horla vai fazer do homem o que fizemos do cavalo e do boi: sua coisa, seu servidor e seu alimento, só pelo poder de sua vontade. Ai de nós!

No entanto, o animal, por vezes, torna-se indócil e mata aquele que o domou... eu também quero... eu poderei... mas é preciso conhecê-lo, tocá-lo, vê-lo! Os eruditos dizem que o olho do animal –

diferente do nosso – não percebe como o nosso... E minha vista não consegue perceber o recém-chegado que me oprime.

Por quê? Oh! Lembro-me agora das palavras do monge do Monte Saint-Michel: "Acaso vemos a centésima milésima parte do que existe? Olhai, eis aqui o vento, que é a maior força da natureza, que derruba os homens, arruína os edifícios, arranca as árvores, agita o mar em volumosas vagas, destrói as falésias e lança aos abrolhos os grandes navios; o vento que mata, que assobia, que geme, que brame, acaso o vistes? E podeis vê-lo? Contudo, ele existe".

E ainda pensava: minha vista é tão fraca, tão imperfeita que nem sequer distingue os corpos duros, quando são transparentes como o vidro!... Se um espelho não estanhado barra meu caminho, ela me joga sobre ele, como o pássaro que adentrou em um quarto bate a cabeça nos vidros. Ademais, mil coisas a enganam e a desorientam! O que há de espantoso, então, no fato de que ela não consiga perceber um novo corpo que a luz atravessa?

Um novo ser! Por que não? Decerto ele tinha de vir! Por que seríamos nós os últimos? Acaso não o percebemos, assim como todos os outros engendrados antes de nós? É que sua natureza é mais perfeita, seu corpo mais sutil e mais aprimorado do que o nosso – tão fraco, tão inabilmente concebido, abarrotado de órgãos sempre cansados, sempre pressionados como molas demasiado complexas, esse nosso corpo que vive como uma planta e como um bicho, alimentando-se penosamente de ar, erva e carne, máquina animal sujeita às doenças, às deformações, às putrefações, em estado precário, mal regulada, simplória e bizarra, engenhosamente malfeita, obra grosseira e delicada, esboço de um ser que poderia se tornar inteligente e esplêndido.

Somos alguns, tão poucos neste mundo, desde a ostra até o homem. Por que não mais um, ainda, uma vez concluído o período que separa as aparições sucessivas de todas as espécies diferentes?

Por que não mais um? Por que não também outras árvores com flores imensas, deslumbrantes e que perfumassem regiões inteiras? Por que não outros elementos além do fogo, do ar, da terra e da água? – Eles são quatro, nada mais do que quatro, esses pais adotivos dos seres! Que tristeza! Por que não são quarenta, quatrocentos, quatro mil?! Como tudo é pobre, mesquinho, miserável! Avaramente concedido, rudemente inventado, grosseiramente produzido! Ah! O elefante, o hipopótamo – quanta graça! O camelo – quanta elegância!

Mas direis – a borboleta! Uma flor que voa! Imagino uma que seria grande como cem universos, com asas das quais não consigo sequer expressar a forma, a beleza, a cor e o movimento. Mas eu a vejo... ela segue de estrela em estrela, refrescando-as e perfumando-as com o sopro harmonioso e leve de seu percurso!... E os povos lá de cima observam-na passar, extasiados e encantados!

Mas o que se passa comigo? É ele, ele, o Horla, que me atormenta, que me faz pensar essas loucuras! Ele está em mim, transfigura-se em minha alma; eu o matarei!

19 DE AGOSTO – Eu o matarei. Eu o vi! Ontem à noite, sentei-me à minha mesa e fingi estar escrevendo com muita atenção. Eu bem sabia que ele viria rondar à minha volta, muito perto, tão perto que eu poderia talvez tocá-lo, agarrá-lo?! E então!... Então, eu teria a força dos desesperados; eu teria minhas mãos, meus joelhos, meu peito, minha fronte, meus dentes para estrangulá-lo, esmagá-lo, mordê-lo, dilacerá-lo.

E o espreitava com todos os meus órgãos sobre-excitados.

Eu havia acendido minhas duas lamparinas e as oito velas de minha lareira, como se pudesse, nessa claridade, descobri-lo.

À minha frente, minha cama, uma velha cama de carvalho com colunas; à direita, minha lareira; à esquerda, minha porta trancada com cuidado, depois de tê-la deixado por um longo tempo aberta, a fim de atraí-lo; atrás de mim, um armário muito alto com espelho, que me servia todos os dias para barbear-me, para vestir-me, e onde tinha o costume de olhar-me, da cabeça aos pés, toda vez que passava por ele.

Portanto, eu fingia estar escrevendo, para enganá-lo, pois ele também me espreitava; e, de repente, senti, tive a certeza de que ele lia por cima de meu ombro, que estava ali, roçando minha orelha.

Levantei-me, com as mãos estendidas, voltando-me tão depressa que quase caí. E então?... Era possível enxergar como em pleno dia, e eu não me vi em meu espelho!... Ele estava vazio, claro, profundo, cheio de luz! Minha imagem não aparecia nele... e eu estava bem em frente! Via o grande e límpido vidro de alto a baixo. E observava isso com olhos aterrorizados. E não ousava mais avançar, não ousava mais fazer movimento algum; pressentindo claramente, contudo, que ele estava ali, mas que me escaparia de novo – ele, cujo corpo imperceptível devorara meu reflexo.

Como tive medo! Então, eis que, de repente, comecei a entrever-me em meio a uma bruma, no fundo do espelho, em meio a uma bruma como através de uma queda-d'água; e parecia-me que essa água fluía da esquerda para a direita, lentamente, tornando mais precisa minha imagem, de segundo em segundo. Era como o fim de um eclipse. Aquilo que me escondia não parecia ter contornos claramente definidos, mas uma espécie de transparência opaca que, pouco a pouco, se tornava mais clara.

Enfim, pude distinguir-me completamente, assim como o faço todos os dias ao olhar-me.

Eu o entrevira! Restou-me disso o terror, que ainda me faz estremecer.

20 DE AGOSTO – Dado que não posso alcançá-lo, como matá-lo? Veneno? Mas ele me veria misturá-lo com a água; e, além disso, teriam nossos venenos algum efeito sobre seu corpo imperceptível? Não... não... sem dúvida alguma... Então?... então?...

21 DE AGOSTO – Chamei um serralheiro de Rouen e encomendei-lhe persianas de ferro para meu quarto, como aquelas que, em Paris, possuem certas casas particulares situadas no térreo, por medo dos ladrões. Ele me fará, além disso, uma porta semelhante. Fiz-me passar por um poltrão, mas estou me lixando com isso!...

10 DE SETEMBRO – Rouen, Hotel Continental. Está feito... está feito... Mas será que ele está morto? Minha alma está transtornada com o que vi.

Ontem, portanto, quando o serralheiro acabou de instalar minha persiana e minha porta de ferro, deixei tudo aberto até a meia-noite, embora começasse a fazer frio.

De repente, pressenti que ele estava ali, e uma alegria, uma alegria insana apossou-se de mim. Levantei-me lentamente e, por muito tempo, caminhei de um lado para o outro, para que ele não suspeitasse de nada. Em seguida, tirei minhas botinas e calcei meus chinelos de um jeito negligente; depois fechei minha persiana de ferro e, caminhando a passos lentos até a porta, tranquei-a também, dando duas voltas à chave. Então, indo até a janela, fechei-a com um cadeado, cuja chave enfiei no bolso.

De repente, senti que ele se agitava à minha volta, que agora era ele quem estava com medo, que ele me ordenava que o deixasse sair. Pouco faltou para que eu cedesse; não cedi, mas, encostando-me à porta, a entreabri o suficiente para que, recuando, apenas eu pudesse passar, e, como sou muito alto, minha cabeça tocava na verga da porta. Estava seguro de que ele não pudera escapar, e tranquei-o sozinho, completamente só. Que alegria! Eu o pegara! Então desci correndo, apanhei na sala, logo abaixo de meu quarto, minhas duas lamparinas, e entornei todo o óleo no tapete, nos móveis, em toda parte; então ateei fogo e fugi, depois de ter trancado bem, com duas voltas de chave, a grande porta de entrada.

E fui esconder-me no fundo de meu jardim, em uma moita de loureiros. Quão demorado foi isso! Quão demorado foi isso! Tudo estava negro, silencioso, imóvel; não havia nenhum sopro de vento, nenhuma estrela, apenas montanhas de nuvens invisíveis, que pesavam sobre minha alma, tão carregadas, tão carregadas.

Olhava para minha casa e esperava. Quão demorado foi isso! Ora, acreditava que o fogo se extinguira espontaneamente, ou que Ele o extinguira, quando uma das janelas do térreo estourou com a força do incêndio, e uma chama, uma enorme chama vermelha e amarela, comprida, sensual, acariciadora, subiu ao longo da parede branca e beijou-a até o telhado. Um clarão percorreu as árvores, os galhos, as folhas, e também um frêmito, um frêmito de medo. Os pássaros despertavam; um cão pôs-se a uivar; pareceu-me que o dia raiava! Logo outras duas janelas explodiram e percebi que todo o piso térreo de minha residência não passava de um imenso braseiro. Mas um grito, um grito horrível, superagudo, dilacerante, um grito de mulher atravessou a noite, e duas mansardas se abriram! Esquecera-me de meus empregados! Avistei seus rostos aterrorizados e seus braços que se agitavam!...

Então, transtornado de horror, pus-me a correr na direção da aldeia, urrando:

– Socorro! Socorro! Fogo! Fogo!

Encontrei pessoas que já vinham vindo, e regressei com elas, para ver!

A casa, agora, não passava de uma fogueira horrível e magnífica, uma fogueira monstruosa iluminando toda a Terra, uma fogueira onde ardiam homens e onde ele também ardia, Ele, Ele, meu prisioneiro, o novo Ser, o novo senhor, o Horla!

Súbito o telhado inteiro afundou entre os muros e um vulcão de chamas lançou-se até o céu. Através de todas as janelas abertas para a fornalha, entrevia a caldeira de fogo e imaginava que ele estava ali, nesse forno, morto...

"Morto? Quem sabe?... Seu corpo? Acaso seu corpo, que a luz atravessava, não era indestrutível pelos meios que aniquilam nossos corpos?

"E se não estivesse morto?... Só o tempo, talvez, tem como agir sobre o Ser Invisível e Temível. Por que teria ele esse corpo transparente, esse corpo incognoscível, esse corpo de Espírito, se devesse também temer os males, as feridas, as enfermidades, a destruição prematura?

"A destruição prematura? Todo o terror humano provém dela! Depois do homem, o Horla. Depois daquele que pode morrer todos os dias, a qualquer hora, a qualquer momento, em decorrência de qualquer acidente, veio aquele que deve morrer apenas em seu dia, em sua hora, em seu momento, porque alcançou o limite de sua existência!

"Não... não... sem dúvida alguma, sem dúvida alguma... ele não está morto... Então... então... vai ser preciso, portanto, que eu me mate!..."

SOBRE O LIVRO

FORMATO
13,5 x 20 cm

MANCHA
23,8 x 39,8 paicas

TIPOLOGIA
Arnhem 10/13,5

PAPEL
Off-white 80 g/m² (miolo)
Cartão Supremo 250 g/m² (capa)

1ª EDIÇÃO EDITORA UNESP: 2020

EQUIPE DE REALIZAÇÃO

EDIÇÃO DE TEXTO
Silvia Massimini Felix (copidesque)
Tomoe Moroizumi (revisão)

PROJETO GRÁFICO E CAPA
Marcos Keith Takahashi (Quadratim)

IMAGEM DE CAPA
Ilustração de François Thévenot para edição de *Boule de suif*,
publicada por Armand Magnier Éditeur, Paris, 1897

EDITORAÇÃO ELETRÔNICA
Quadratim

ASSISTÊNCIA EDITORIAL
Alberto Bononi